Ce cours a été rédigé par :

M. Jarousseau,

Professeur de français

LE MOT DU PROFESSEUR

Cher (e) élève,

L'entrée au lycée marque un tournant dans votre apprentissage du français. Au collège, vous avez été initié(e) aux secrets et aux mystères de la grammaire et de la conjugaison. Vous avez également découvert les trésors de notre culture française, à travers l'étude de textes écrits par de grands auteurs de la littérature moderne.

L'enseignement du français en classe de seconde s'inscrit dans la continuité du collège. Toutefois, il existe une différence de taille ! Désormais, vous devez maîtriser la méthodologie de deux épreuves écrites aussi mystérieuses que complexes : le commentaire composé et la dissertation. Il est indispensable de les comprendre pour répondre aux attendus des enseignants. Certes, la méthodologie de ces deux épreuves vous est enseignée en classe ; néanmoins, les enseignants n'ont que peu de temps à leur consacrer, tant le programme de l'année est chargé. Vous disposez donc de bien peu de temps pour les assimiler correctement.

L'affaire se corse en classe de première avec l'adjonction d'une nouvelle épreuve en vue des épreuves anticipées de français. Il s'agit du commentaire linéaire. L'épreuve consiste en l'analyse d'un texte, ce qui implique une méthodologie assez proche du commentaire composé. Cependant, elle comporte quelques spécificités qui peuvent prêter à confusion. Car le commentaire composé est une épreuve écrite, tandis que le commentaire linéaire est une épreuve orale. Les confondre conduit à des erreurs qui peuvent vous être lourdement préjudiciables.

De ce qui précède, vous comprenez désormais qu'il est indispensable d'avoir compris la méthodologie du commentaire composé et de la dissertation dès la classe de seconde. Car une fois que vous êtes en classe de première, les enseignants ne reviendront pas sur ce qu'ils considèrent avoir été acquis. Gare au décrochage !

Heureusement, il n'est jamais trop tard ! Et c'est bien l'enjeu de ce manuel : rassembler en un seul volume la méthodologie des trois épreuves reines de la classe de seconde et de première que sont le commentaire composé, la dissertation et le commentaire linéaire. Elles vous sont expliquées dans les moindres détails puis illustrées par un exemple éloquent afin de bien vous en faire comprendre le fonctionnement. Tout au long de l'année, je vous encourage à vous y référer aussi régulièrement que possible afin de vous imprégner des mécanismes qui sont à l'œuvre dans ces épreuves.

J'emploie le terme « mécanismes » à dessein. Car toutes les épreuves de français sont avant tout des épreuves de logique ! Bien sûr, elles impliquent des connaissances techniques indispensables que nous développons dans ce manuel. Mais en réalité, ces trois épreuves sont toutes gouvernées par des lois logiques ; sitôt que l'élève les connaît, il n'a plus rien à craindre ! Tous ces rouages logiques vous sont expliqués et décryptés dans ce manuel ; des exercices serviront à évaluer vos progrès.

Dès lors que vous serez au point sur la méthodologie des épreuves, soyez assuré(e) que vous pourrez mesurer vos progrès et augmenter vos chances d'améliorer vos résultats scolaires. Travaillez bien, travaillez dur, travaillez régulièrement ! Et n'oubliez pas : en français comme dans toutes les disciplines scolaires, de la logique, avant tout autre chose !

Bon courage, bonne chance !

David Jarousseau
Professeur de français - Cours Legendre

PROGRAMME D'ENTRAÎNEMENT

Ce programme d'entraînement a pour vocation de **vous accompagner pendant toute votre année de seconde et de première**, avec comme grand **objectif de réussir haut la main l'épreuve de français du baccalauréat**.

Ce programme est composé de trois dossiers.

1) **Un bilan-test à passer avant de commencer son programme d'entraînement** pour repérer les éventuelles difficultés et mieux orienter ses efforts.
2) **Le cours** composé de **7 séries de travail** avec des **leçons** et des **exercices d'application**.
3) **Le corrigé des exercices.** Ce sont les corrigés des exercices d'application du cours.

Ce manuel se compose de sept séries : les trois premières font un focus sur la méthodologie des épreuves écrites et orales ; les quatre suivantes constituent un vade-mecum complet couvrant littérature et techniques d'analyse.

1. Méthodologie des épreuves – Séries 1, 2 et 3

La première partie vous propose une méthodologie des épreuves du bac. Ainsi, **la première série** doit vous former au commentaire composé, **la deuxième série** à la dissertation, **la troisième série** à l'épreuve orale du bac comportant un commentaire linéaire, une question de grammaire et un entretien. Chaque cours de méthodologie est suivi d'une étude de cas avec son corrigé.

2. Le cours – Séries 4, 5, 6 et 7

La deuxième partie présente les différentes leçons que vous devez maîtriser. Ainsi, **la quatrième série** vous permettra de réviser les figures de style et les registres, **la cinquième série** est un récapitulatif des différents mouvements littéraires ainsi que des auteurs les plus importants, **la sixième série** porte sur les discours et l'argumentation tandis que **la septième série** récapitule les genres littéraires ainsi que la valeur des temps.

3. Exercices pour toutes les séries

Vous trouverez des études de cas pour chaque épreuve du bac ainsi que des exercices d'application permettant de vous entraîner et de vérifier vos connaissances.

BILAN TEST

Les questions suivantes ont pour but de vous permettre d'évaluer vos connaissances avant de commencer le cours.

Questions : *Réponses :*

1. Indiquez pour chaque mouvement le siècle auquel il appartient : 1) Romantisme 2) Classicisme 3) Symbolisme 4) Lumières 5) Absurde 6) Humanisme 7) Réalisme 8) Pléiade 9) Naturalisme 10) Surréalisme	a) XVIe siècle b) XVIIe siècle c) XVIIIe siècle d) XIXe siècle e) XXe siècle
2. Lequel de ces deux termes définit le mieux le classicisme :	a) ❑ la liberté b) ❑ le respect des règles
3. Parmi ces trois auteurs, lequel est un philosophe des Lumières :	a) ❑ Montaigne b) ❑ Voltaire c) ❑ Molière
4. Lequel de ces deux termes définit le mieux le romantisme :	a) ❑ la mélancolie b) ❑ l'engagement
5. Un roman d'apprentissage est :	a) ❑ un roman avec beaucoup d'aventures b) ❑ un roman qui présente la formation de la personnalité d'un héros
6. Un roman naturaliste est :	a) ❑ un roman qui dénonce les conditions de vie des ouvriers b) ❑ un roman qui décrit la vie dans la nature
7. Un roman épistolaire est :	a) ❑ un roman qui ne comporte que des lettres b) ❑ un roman d'amour
8. Un sonnet est un poème composé de :	a) ❑ deux quatrains et deux tercets b) ❑ deux quatrains et un tercet
9. Un poème en prose est :	a) ❑ un poème avec des rimes élaborées et une construction précise b) ❑ un poème sans vers, ni rimes
10. Une tirade est :	a) ❑ une longue réplique b) ❑ une courte réplique

11. Une tragi-comédie :	a) ❑ une tragédie contenant des éléments tragiques b) ❑ une tragédie contenant des éléments comiques
12. L'ironie, c'est :	a) ❑ se moquer en insultant la personne b) ❑ quand on dit le contraire de ce que l'on pense pour faire ressortir une vérité
13. La métaphore filée, c'est :	a) ❑ une métaphore difficile à comprendre car mystérieuse b) ❑ une métaphore qui se développe sur plusieurs phrases
14. L'hyperbole consiste à :	a) ❑ atténuer un propos b) ❑ exagérer un propos
15. 1) Convaincre c'est : **2) Persuader c'est :**	a) ❑ proposer un raisonnement logique b) ❑ faire appel aux sentiments
16. Une thèse, c'est :	a) ❑ l'idée défendue par un auteur b) ❑ un exemple donné pour défendre une idée
17. Reliez les phrases suivantes : **1) Un narrateur interne** **2) Un narrateur externe** **3) Un narrateur omniscient**	a) ❑ connaît tout de l'histoire et des pensées des personnages b) ❑ raconte uniquement ce que le personnage perçoit c) ❑ raconte objectivement l'histoire
18. Le discours indirect libre, c'est :	a) ❑ des traces de discours direct dans du discours indirect b) ❑ des traces de discours indirect dans du discours direct
19. Le présent de narration évoque :	a) ❑ un présent utilisé dans un récit au passé b) ❑ un présent qui évoque le moment où se déroule l'action
20. L'imparfait est le temps de :	a) ❑ la narration b) ❑ la description

BILAN TEST - CORRIGÉ

QUESTIONS	***RÉPONSES***
1	1) - d) / 2) - b) / 3) - d) / 4) - c) / 5) - e) 6) - a) / 7) - d) / 8) - a) / 9) - d) / 10) - e)
2	b)
3	b)
4	a)
5	b)
6	a)
7	a)
8	a)
9	b)
10	a)
11	b)
12	b)
13	b)
14	b)
15	1) - a) 2) - b)
16	a)
17	1) - b) / 2) - c) / 3) - a)
18	a)
19	a)
20	b)

20 bonnes réponses : bravo !
Entre 15 et 19 bonnes réponses : vous avez de bonnes connaissances qui ne demandent qu'à être approfondies.
Entre 10 et 14 bonnes réponses : trop de trous de mémoire ! Ce livre est fait pour vous !
Entre 6 et 9 bonnes réponses : les semaines à venir vont être studieuses et ce livre un précieux compagnon !
Entre 0 et 5 bonnes réponses : au boulot ! Et rassurez-vous, vous allez vite progresser !

BON ENTRAÎNEMENT ET BON COURAGE !

SOMMAIRE

SECONDE - PREMIÈRE

FRANÇAIS

FRANÇAIS

2de / 1re

1re SÉRIE

PREMIÈRE LEÇON

Méthodologie : Le commentaire composé

DEUXIÈME LEÇON

Étude de cas : Voltaire, *Candide,* chapitre 3 (1759)

PREMIÈRE LEÇON

Méthodologie : le commentaire composé
(4 h)

I - Les sept étapes d'un bon commentaire composé

Le commentaire composé est une des deux épreuves écrites du baccalauréat. Il consiste en l'analyse méthodique d'un texte littéraire pendant les 4 heures que dure l'épreuve. Quel que soit le genre de l'extrait à étudier (poésie, théâtre, roman, essai), le candidat doit adopter une unique méthode, qui s'articule en plusieurs étapes.

1. Lire le texte à une seule reprise : à ce stade, l'objectif n'est pas de comprendre le texte mais simplement d'en prendre connaissance et d'en avoir une impression.

2. Collecter les informations disponibles :

- L'auteur, l'œuvre, l'année de publication
- Le genre du texte (roman, poésie, théâtre, essai)

Ces informations seront utiles lors la rédaction de l'introduction.

3. Relever les procédés en respectant les étapes suivantes :

- Le cadre spatio-temporel : où et quand se déroule l'histoire ?
- Les personnages : qui sont-ils, quelles informations possède-t-on ?
- L'histoire : que raconte le texte ?
- Les registres du texte
- Les champs lexicaux dominants
- Les figures de style (ne pas oublier de commenter l'effet produit)
- Tous les éléments que vous savez identifier et qui vous paraissent intéressants à commenter (les temps, le niveau de langue, la ponctuation, les adjectifs, les adverbes, les pronoms personnels)

Ce relevé des différents procédés servira à élaborer le plan.

4. Faire le plan détaillé du commentaire

Le plan détaillé d'un commentaire composé se structure en deux ou trois axes. Il est cependant recommandé de privilégier un plan en deux axes composés chacun de trois sous-parties.

- **Le premier axe** est l'étude du premier degré du texte. Cela veut dire qu'il faut étudier le texte pour ce qu'il est : une description, un portrait, un discours, un dialogue, un monologue, etc. Attention à toujours qualifier ce texte à l'aide d'un adjectif ou d'un groupe prépositionnel : une description « surprenante », un discours « violent », un dialogue « entre deux personnes que tout oppose », un monologue « lyrique », etc.
- **Le deuxième axe** est l'étude du second degré du texte. Cela veut dire qu'il faut étudier le texte d'une façon plus générale, plus universelle : une réflexion philosophique, une critique de la société, une satire du pouvoir politique, etc.

Les trois sous-parties des deux axes doivent être développées à partir des procédés relevés au cours de l'étape précédente. Ces sous-parties sont l'expression d'une idée particulière du texte : chacune d'elle comporte donc un titre suivi de trois procédés permettant de justifier sa pertinence.

5. Commencer à rédiger :

- Soyez précis concernant le vocabulaire employé
- Évitez les répétitions et les fautes d'orthographe !

6. Relisez-vous !

- Traquez les fautes d'orthographe !
- Soulignez les titres d'œuvres.

II - Présentation du commentaire composé

1. Introduction

L'introduction est une étape cruciale du commentaire composé. Elle est le premier contact visuel du correcteur avec votre devoir. Il faut donc la rédiger en respectant chacune des étapes qui la compose.

- **Ancrage culturel** : cette phrase consiste en la définition du mouvement culturel auquel est associé l'auteur de l'extrait. Si vous ignorez cette information, commencez votre introduction par l'étape suivante.
- **Présentation de l'auteur** : cette phrase consiste à donner une information pertinente sur l'auteur. Or, un élève n'est pas un biographe ! Il ne dispose pas - ou si peu ! - d'informations le concernant. Dans ce sens, vous pouvez présenter l'auteur en vous référant à un problème d'ordre philosophique auquel il s'est intéressé. Pour ce faire, rien de plus simple : il suffit de s'inspirer du deuxième axe de votre plan, à savoir le second degré de lecture.
- **Présentation de l'extrait** : en deux phrases, commencez par exploiter les informations contenues dans le chapeau précédant le texte et les mentions écrites à la fin de l'extrait. Ensuite, décrivez brièvement ce que le texte évoque. Pour ce faire, inspirez-vous du premier axe de votre plan, à savoir le premier degré de lecture.
- **Problématique** : la problématique est la question posée au style direct ou indirect dont l'annonce du plan est la réponse. Dans ce sens, votre problématique doit comporter la dynamique du plan. Exemple : « En quoi cet extrait est-il une invitation à réfléchir sur la nature humaine ? » Le groupe nominal « cet extrait » fait allusion au premier axe, le groupe nominal « la nature humaine » fait allusion au deuxième axe.
- **Annonce du plan :** cette étape consiste à faire mention des deux axes que vous allez suivre pour commenter le texte étudié. L'annonce du plan peut être formulée en une seule phrase, afin de rendre compte de la différence de traitement du texte étudié selon les deux axes : « Derrière un monologue lyrique se profile une critique de la société. »

2. Développement

Après avoir rédigé l'introduction du commentaire composé, il s'agit de rédiger le développement, autrement dit le premier axe puis le deuxième axe. Pour ce faire, il suffit de respecter le plan détaillé tel qu'il a été conçu préalablement au brouillon.
Après avoir sauté deux lignes à la suite de votre introduction, voici les étapes que votre développement doit respecter. Chacune de ces étapes doit être précédée d'un alinéa.

Amorce du premier axe : En une ou deux phrases, exprimez l'idée générale que vous allez défendre.
Sous-partie : Chacune des trois sous-parties du premier axe se structure de façon identique.
- Formulez votre argument en vous inspirant du titre que vous aviez donné à cette sous-partie dans votre plan détaillé.
- Justifiez votre argument en vous référant à un procédé du texte puis analysez-le de sorte qu'il corresponde à l'argument préalablement posé.
- Reformulez l'argument de votre sous-partie. Justifiez-le en vous référant à un autre procédé du texte. Analysez-le.
- Une nouvelle fois, reformulez l'argument de votre sous-partie. Justifiez-le en vous référant à un autre procédé du texte. Analysez-le.

- Rédigez une phrase de conclusion de cette sous-partie. Pour ce faire, inspirez-vous simplement de l'argument de votre sous-partie.

Que déduire de cette manière de procéder ? Toutes vos sous-parties sont de même proportion ! D'ailleurs, **pour vous donner un ordre d'idées, dites-vous qu'une bonne sous-partie de commentaire composé comporte en moyenne 6 ou 7 phrases.**

Au terme de la rédaction de votre premier axe, composé de trois sous-parties, sautez deux lignes pour rédiger votre passage de transition. Le passage de transition consiste à conclure votre premier axe et à annoncer le deuxième axe. Pour ce faire, vous pouvez vous inspirer de votre annonce du plan, en prenant soin de la reformuler.

Après le passage de transition, sautez de nouveau deux lignes et rédigez le développement de votre deuxième axe. Pour ce faire, adoptez la même méthode de structuration et de rédaction des sous-parties que pour le premier axe.

3. Conclusion

La conclusion est aussi cruciale que l'introduction. Elle est le dernier contact visuel du professeur avec votre devoir. Il ne faut en aucun cas la rédiger précipitamment ou ne pas la faire du tout ! Le correcteur vous sanctionnerait de ne pas avoir suffisamment bien géré votre temps. Aussi, soignez la rédaction de votre conclusion, quitte, si le temps venait à manquer, à ne pas rédiger la dernière sous-partie de votre deuxième axe. Mieux vaut conclure !

Une conclusion se compose de deux étapes :

- **Première étape : faire le bilan des deux axes**. Cela implique que vous reveniez sur ce que vous avez expliqué au fur et à mesure de votre commentaire. Concrètement, au même titre que le passage de transition, une astuce consiste à vous inspirer de votre annonce du plan, en la reformulant et en l'approfondissant.
- **Seconde étape : ouverture.** Cette étape consiste à établir une correspondance entre le texte que vous avez commenté et un autre texte littéraire. Cette correspondance peut se fonder sur une équivalence, une ressemblance, une dissemblance voire une opposition.

III - Critères pour évaluer un commentaire

			Maîtrisé	À améliorer	Non maîtrisé
Introduction	**Présentation**	Le texte est-il bien présenté ? L'auteur et le mouvement sont-ils précisés ?			
	Problématique	La problématique propose-t-elle un axe de lecture pertinent ?			
	Plan	Le plan est-il pertinent ? Permet-il de répondre à la problématique ?			
Développement	**Présentation**	Chaque axe commence-t-il par une phrase, précédée d'un alinéa, qui expose l'idée principale ?			
	Sous-parties	Chaque axe contient-il bien 3 sous-parties ?			
	Procédés	Les arguments des sous-parties sont-ils illustrés par des procédés tirés du texte ?			
	Analyses	Les procédés sont-ils correctement analysés ?			
	Transition	Le premier axe se termine-t-il par un passage de transition ?			
Conclusion	**Bilan**	La conclusion contient-elle un bilan des deux axes ?			
	Problématique	Le bilan est-il rédigé de sorte qu'il constitue une réponse appropriée à la problématique ?			
	Ouverture	La conclusion se termine-t-elle par une ouverture ?			
Présentation	**Orthographe**	Le devoir est-il bien rédigé et correctement orthographié ?			
	Présentation	Alinéas et sauts de ligne ont-ils été respectés ?			

IV - Comment reconnaître un bon ou un mauvais commentaire composé ?

Un bon commentaire composé :	**Un mauvais commentaire composé :**
Contient une **problématique** qui soulève une question pertinente sur l'intérêt du texte.	Ne contient aucune problématique ou une problématique trop générale.
Est **organisé** avec une introduction, deux axes, des sous-parties et une conclusion.	Commente le texte dans l'ordre linéaire, sans aucune organisation préétablie.
Explique le texte en mobilisant l'argumentation.	Décrit et **paraphrase** le texte sans jamais l'expliquer.
Cite des procédés du texte et les **analyse** pour justifier l'argument.	Ne cite pas le texte ou n'explique jamais les procédés qui sont mentionnés.
Relève les figures de style et **analyse** les effets produits.	Ne relève aucune figure de style ou se contente de les **citer** ou de les juxtaposer.
Est écrit dans un français correct, précis, sans fautes d'orthographe !	Est écrit dans un français relâché, approximatif, truffé de fautes d'orthographe.

DEUXIÈME LEÇON

ÉTUDE DE CAS

Comment Candide se sauva d'entre les Bulgares, et ce qu'il devint.

Rien n'était si beau, si leste, si brillant, si bien ordonné que les deux armées. Les trompettes, les fifres, les hautbois, les tambours, les canons ; formaient une harmonie telle qu'il n'y en eut jamais en enfer. Les canons renversèrent d'abord à peu près six mille hommes de chaque côté ; ensuite la mousqueterie ôta du meilleur des mondes environ neuf à dix mille coquins qui en infectaient la surface. La baïonnette fut aussi la raison suffisante de la mort de quelques milliers d'hommes. Le tout pouvait bien se monter à une trentaine de mille âmes. Candide, qui tremblait comme un philosophe, se cacha du mieux qu'il put pendant cette boucherie héroïque.

Enfin, tandis que les deux rois faisaient chanter des *Te Deum*, chacun dans son camp, il prit le parti d'aller raisonner ailleurs des effets et des causes. Il passa par-dessus des tas de morts et de mourants, et gagna d'abord un village voisin ; il était en cendres : c'était un village abare que les Bulgares avaient brûlé, selon les lois du droit public. Ici des vieillards criblés de coups regardaient mourir leurs femmes égorgées, qui tenaient leurs enfants à leurs mamelles sanglantes ; là des filles éventrées après avoir assouvi les besoins naturels de quelques héros, rendaient les derniers soupirs ; d'autres à demi brûlées criaient qu'on achevât de leur donner la mort. Des cervelles étaient répandues sur la terre à côté de bras et de jambes coupés.

Voltaire, *Candide*, chapitre 3 (1759)

CORRECTION

1. Vous avez lu le texte 1 fois.

Il ne faut surtout pas chercher trop tôt à comprendre le texte ! Pour l'instant, contentez-vous d'écrire au brouillon vos premières impressions. Ici, nous pourrions éprouver un sentiment d'effroi de par la violence sanguinaire de la description, mais également un sentiment de malaise car il semble que le narrateur évoque cette scène atroce avec une certaine légèreté.

2. Vous avez identifié :

- L'auteur (Voltaire), l'œuvre (*Candide*), l'année (1759)
- Le mouvement : les Lumières. Si vous êtes au point sur l'histoire littéraire, vous pourriez donc vous attendre à un texte polémique comportant une satire des travers de la société. Mais prenez garde toutefois ! Il est tout à fait envisageable qu'un auteur que vous avez vu en classe, dont vous savez qu'il est rattaché à un mouvement littéraire particulier, s'écarte tout à fait des principes et des règles édictés ! Dans ce sens, gardez-vous de construire votre plan par rapport à vos connaissances en matière d'histoire littéraire ! Pour l'instant, contentez-vous d'émettre des hypothèses, qui seront confirmées ou infirmées par l'étude plus approfondie de l'extrait.
- Le genre : le conte philosophique. Une idée particulière est donc défendue dans ce texte.

3. L'analyse du texte au brouillon (suivre les étapes successives de la méthode) :

- Il s'agit d'une guerre entre les Bulgares et les Abares. La date n'est pas mentionnée, cette guerre pourrait se produire à n'importe quelle époque.
- La guerre est vue par Candide, c'est un narrateur interne. C'est la première fois qu'il assiste à une guerre, d'où un regard neuf.
- Ce texte relate une guerre, notamment son dénouement, marqué par un massacre violent des civils. La guerre est d'abord décrite comme un spectacle, puis progressivement, Voltaire fait une description très précise, violente et crue des horreurs de la guerre.

- Le registre ironique se détache, dans la mesure où un certain nombre de procédés donnent l'impression de dire du bien de la guerre, ce qu'aucune personne sensée, ni même un militaire, ne dirait sérieusement.
- Les champs lexicaux dominants sont : la barbarie, la souffrance mais également la musique.
- Les figures de style les plus marquantes :
  - L'ironie : « héros » pour désigner les soldats, « coquins » pour désigner les morts.
  - L'oxymore : « boucherie héroïque » qui souligne l'absurdité de la situation, en effet une boucherie ne peut pas être héroïque.
  - L'anaphore « si » qui met en avant les adjectifs mélioratifs.
  - L'antithèse « harmonie, enfer » qui crée un contraste entre les deux termes et souligne l'absurdité de la situation.
- D'autres éléments sont marquants :
  - L'utilisation d'adjectifs qualificatifs mélioratifs « leste, brillant, ordonné » pour désigner les armées, créant ainsi un décalage dans la description.
  - L'accumulation d'instruments de musique sur un champ de bataille (le mot « canon » est mêlé à l'énumération nous rappelant qu'il s'agit d'une guerre).
  - Les approximations concernant le nombre de morts « à peu près, environ » qui soulignent le peu d'importance des morts dans une guerre.
  - Les *Te Deum* (chants religieux de victoire) chantés par les deux rois. Or, il ne peut y avoir deux vainqueurs, la guerre n'a donc servi à rien.
  - Les lois du droit public : la barbarie est légalisée, d'où le renforcement de l'absurdité et la critique du pouvoir.
  - Les victimes sont les personnes les plus faibles : vieillards, filles, enfants. Cela inspire un sentiment d'injustice.

4. Vous devez ensuite organiser vos différentes remarques en construisant le plan.

1er axe : La description d'une guerre sanglante
2e axe : Une satire de la nature humaine

Plan en deux axes :

I) Description d'une guerre sanglante
a. Une description détaillée et réaliste
b. L'évocation d'une scène barbare
c. Le comportement ambigu de Candide

II) Une satire de la nature humaine
a. Une satire du pouvoir politique
b. Une satire de la religion et de la croyance
c. Une satire de l'optimisme philosophique

5. Le commentaire composé étape par étape

a) Introduction

La philosophie des Lumières peut se définir comme un courant culturel qui s'est développé en France au XVIIIe siècle et qui a pour vocation de promouvoir la raison et l'égalité comme les conditions d'un humanisme authentique. Figure emblématique de ce courant, Voltaire s'est penché sur le sentiment d'effroi et d'absurdité qui s'empare d'un individu lorsqu'il est confronté à la mort, et tout particulièrement lorsqu'elle frappe de manière brutale et aveugle. Précisément, dans un extrait du chapitre 3 du conte philosophique Candide (1758), le personnage éponyme se retrouve sur un champ de bataille ; il est le spectateur horrifié d'un déchaînement de violence. En quoi l'évocation d'une guerre sanglante est-elle une invitation à réfléchir sur l'absurdité de la guerre, compte tenu de ses conséquences ? Derrière la description d'une scène de guerre se profile une satire de la nature humaine.

Cette introduction procède d'une phrase d'**ancrage culturel**, qui définit le mouvement culturel auquel est associé l'auteur de l'extrait, Voltaire. Or, il est possible de devoir rédiger un commentaire composé d'un texte dont on ne connaît pas du tout l'auteur, ou bien dont on n'est pas sûr du courant auquel il est associé. Dans le doute ou dans l'ignorance, toujours s'abstenir ! Passez immédiatement à la présentation de l'auteur. Pour notre exemple, vous auriez donc pu commencer directement de la façon suivante : « Figure de la littérature du XVIIIe siècle, Voltaire s'est penché sur le sentiment d'effroi [...] »
Par ailleurs, il faut observer que la **présentation de l'auteur** ne comporte aucun élément biographique. La raison est simple : bien souvent, un élève ne connaît rien de la vie de l'auteur ! Dans ce sens, il est recommandé de présenter l'auteur en s'inspirant des éléments du deuxième axe. Pour notre exemple, nous avons présenté Voltaire en nous inspirant des titres des sous-parties du deuxième axe.
La **présentation de l'extrait** comporte deux phrases. La première consiste à faire mention des éléments historiques qui sont portés à notre connaissance en bas à droite de l'extrait (titre de l'œuvre, titre de l'extrait, date de publication) ; la deuxième phrase décrit brièvement l'extrait.
La **problématique** contient les deux axes : « l'évocation d'une guerre sanglante » fait allusion au premier axe ; « l'absurdité de la guerre » fait allusion au deuxième axe.
L'annonce du plan met en évidence les deux axes qui seront suivis lors du développement.

b) Développement

Nous n'allons pas vous proposer une rédaction intégrale du développement du commentaire composé. Soyons pragmatiques : comme nous l'avons vu précédemment, toutes les sous-parties sont rédigées exactement de la même manière !

Aussi, nous nous contenterons de **rédiger la phrase d'amorce du premier axe, suivie de la première sous-partie** que nous avons intitulée dans notre plan : a) Une description détaillée et réaliste.

La scène à laquelle assiste Candide est bouleversante : il s'agit d'une scène de guerre où les belligérants s'affrontent violemment.

D'abord, cette description se caractérise par son degré de réalisme. Le champ lexical militaire (« armées » l1 ; l'énumération « Les trompettes [...] les canons » l1/2, « mousquèterie » l3) témoignent avec précision du cadre particulier dans lequel se déroule l'action. La scène de bataille est évoquée dans toute sa progression : l'hypotypose, perceptible par la succession de verbes d'action au passé simple (« Les canons renversèrent » l3 ; « la mousquèterie ôta » l4) met en évidence l'enchaînement rapide des initiatives prises par les deux camps ennemis. Les faits sont rapportés avec autant d'exactitude que possible ; les éléments quantitatifs à valeur hyperbolique (« à peu près six mille hommes » l3 ; « dix mille coquins » l4 ; « quelques milliers d'hommes » l6) soulignent le nombre vertigineux d'acteurs en présence, sans qu'il soit possible de donner de chiffres exacts. Ainsi, cette description réaliste se singularise par sa précision mais également par l'aspect approximatif de certains éléments, donnant l'impression que les évènements se déroulent trop rapidement et de manière trop chaotique pour être intelligibles.

Premier alinéa : amorce du premier axe. Cette première phrase se contente d'annoncer l'idée directrice qui oriente les trois sous-parties.
Deuxième alinéa : la première sous-partie. La première phrase est la formulation de l'argument, autrement dit la rédaction du titre de la première sous-partie, qui est intitulée « Une description détaillée et réaliste ». La deuxième phrase comporte un premier procédé (le champ lexical militaire, avec des citations précises de l'extrait) suivi d'une analyse du procédé. L'analyse est perceptible par la présence du verbe « témoigner de ». La troisième phrase est la reformulation de l'argument, c'est-à-dire de la première phrase de la sous-partie ; elle est suivie d'une quatrième phrase, qui procède de la mention d'un deuxième procédé (l'hypotypose, qui est une figure de rhétorique) et de l'analyse correspondante, que l'on constate grâce à la présence du verbe « mettre en évidence ». La cinquième phrase est la reformulation de l'argument, suivie d'un procédé (les éléments quantitatifs à valeur hyperbolique) et de son analyse, que l'on remarque par la présence du verbe « souligner ». La septième et dernière phrase conclut le paragraphe et opère également une transition vers la sous-partie suivante. Ainsi, nous avons bel et bien une sous-partie qui est un paragraphe argumenté comportant trois procédés qui sont rigoureusement analysés.

c) Passage de transition

Le passage de transition a pour vocation de conclure le premier axe et d'annoncer le deuxième axe qui va être abordé. Dans ce sens, il est recommandé de s'inspirer de l'annonce du plan pour élaborer votre passage de transition.

- **Annonce du plan** : *Derrière la description d'une scène de guerre se profile une satire de la nature humaine.*

En nous inspirant de cette annonce du plan, voici le passage de transition :

- **Passage de transition** : *A partir de la description d'une scène de guerre où sont décrites les horreurs commises par les belligérants et dont sont victimes l'un et l'autre camp, ce texte suscite une satire de la nature humaine.*

Comme vous pouvez le constater, le passage de transition est simplement le prolongement de l'annonce du plan, dont on approfondit seulement le premier axe. Pour annoncer le second axe, on se contente de reprendre ce qui a été dit dans l'annonce du plan, au mot près.

d) Conclusion

La conclusion consiste à **faire le bilan des deux axes étudiés au cours du développement, suivi d'une ouverture**, c'est-à-dire d'une mise en relation du texte commenté avec un autre texte littéraire. Pour le bilan de votre conclusion, il est recommandé de s'inspirer de l'annonce du plan et du passage de transition ci-dessus.

Bilan : *À travers la description d'une scène de guerre qui met en scène l'horreur qui résulte de la confrontation militaire de deux forces armées déterminées, ce texte est en fait une satire de la nature humaine : il témoigne de cette folie de l'homme à s'autodétruire sans aucune raison valable, sans aucune cause identifiable. Mais Voltaire se livre également à une satire de la philosophie : si elle se détourne du véritable questionnement, à savoir le devenir de l'homme et les conditions de son perfectionnement, alors elle n'a aucun sens.*

Ouverture : *Dans ce sens, ce texte peut être mis en relation avec* De l'esclavage des nègres *de Montesquieu, dans la mesure où ce dernier s'appuie également sur l'ironie pour dénoncer l'horreur et l'absurdité du racisme, afin d'entreprendre de corriger la nature humaine par le moyen de la raison.*

Exercice 1

Commentaire de texte

Faites un plan détaillé (parties et sous-parties) de ce texte, en suivant la méthode étudiée. Rédigez l'introduction et la conclusion.

La rue assourdissante autour de moi hurlait.
Longue, mince, en grand deuil, douleur majestueuse,
Une femme passa, d'une main fastueuse
Soulevant, balançant le feston et l'ourlet ;

Agile et noble, avec sa jambe de statue.
Moi, je buvais, crispé comme un extravagant,
Dans son œil, ciel livide où germe l'ouragan,
La douceur qui fascine et le plaisir qui tue.

Un éclair... puis la nuit ! - Fugitive beauté
Dont le regard m'a fait soudainement renaître,
Ne te verrai-je plus que dans l'éternité ?

Ailleurs, bien loin d'ici ! trop tard ! jamais peut-être !
Car j'ignore où tu fuis, tu ne sais où je vais,
Ô toi que j'eusse aimée, ô toi qui le savais !

Charles Baudelaire, *Les Fleurs du mal*, « À une passante », 1857

FRANÇAIS

2de / 1re

2e SÉRIE

PREMIÈRE LEÇON

Méthodologie : La dissertation

DEUXIÈME LEÇON

Étude de cas : « La pièce *Le Mariage de Figaro* peut-elle seulement être qualifiée de comédie de valet ? »

PREMIÈRE LEÇON

Méthodologie : La dissertation
(4 h)

I - Les quatre étapes d'une bonne dissertation

Qu'est-ce qu'une dissertation ?

La dissertation est l'une des deux épreuves écrites du baccalauréat. Elle consiste à répondre de façon méthodique à une question portant sur une œuvre intégrale étudiée au cours de l'année. Quelle que soit l'œuvre concernée, le candidat doit adopter une unique méthode, qui s'articule en plusieurs étapes.

1. Analyser le sujet

- Vous devez d'abord comprendre parfaitement ce que l'on vous demande ! Pour cela, recopiez le sujet au brouillon puis soulignez les mots-clés de la question posée.
- Définissez les mots-clés ou, plus exactement, écrivez de manière spontanée tout ce qu'ils vous inspirent. Vous êtes au brouillon, sentez-vous libres !

2. Construire le plan

Quelle que soit la manière dont est formulé le sujet, le plan qu'il faut suivre est un plan dialectique. Un plan dialectique s'articule en trois temps : thèse, antithèse, synthèse. La thèse consiste à donner une réponse *a priori* à la question formulée dans le sujet. L'antithèse consiste à donner une réponse *a posteriori*. La synthèse consiste à dépasser la contradiction fondée sur l'équivalence logique entre la thèse et l'antithèse en formulant une nouvelle thèse, qui dépasse l'horizon étroit de la question initialement posée.
Pour le dire plus simplement, une thèse est l'expression de la réponse que vous donneriez spontanément à une question qui vous est adressée. Une antithèse est l'expression des limites que vous identifiez à votre thèse, des objections qui pourraient lui être faites. La synthèse est l'expression de la prise en compte des deux points de vue précédents pour déterminer une troisième voie, une nouvelle orientation, une autre piste de réflexion.

Dans ce sens, il s'agit de construire votre plan en trois axes, chaque axe étant composé de deux sous-parties. Chaque sous-partie consiste à donner un argument en faveur de la position défendue : en d'autres termes, il vous faut trouver deux arguments pour soutenir votre thèse, deux arguments pour soutenir votre antithèse, deux arguments pour soutenir votre synthèse.

Pour chaque sous-partie, il faut nécessairement soutenir son argument par un exemple, qui constitue une preuve de la validité de votre argument. Il est donc indispensable de bien connaître l'œuvre étudiée de sorte que vous puissiez trouver facilement les exemples les plus emblématiques pour soutenir chacun de vos arguments.

3. Rédiger la dissertation

Pour chaque sous-partie, respectez bien les trois étapes de l'argumentation : formulez votre argument, donnez un exemple emblématique extrait de l'œuvre étudiée puis analysez-le. Ne donnez jamais un argument sans l'illustrer par un exemple !

4. Pensez à vous relire !

- Ne faites pas mauvaise impression au correcteur en laissant des fautes d'orthographe !
- N'oubliez pas que vous pouvez perdre jusqu'à deux points pour l'orthographe.

II - Présentation de la dissertation

1. Introduction

L'introduction est une étape cruciale de la dissertation. Elle est le premier contact visuel du correcteur avec votre devoir. Il faut donc la rédiger en respectant chacune des étapes qui la compose.

- **Amorce** : cette étape consiste à présenter l'œuvre : d'abord, par ce qui la caractérise globalement (titre, auteur, année de publication, genre littéraire, mouvement littéraire) ; ensuite, par ce qui la caractérise plus spécialement, en vous inspirant pour cela des mots-clés contenus dans le sujet.
- **Problématique** : ce passage consiste en une succession d'étapes décisives.
  1) **Reprendre le sujet**, autrement dit la question qui vous est posée.
  2) **Problématiser**, ce qui revient à reformuler le sujet en posant deux questions : la première validant une orientation du sujet, la deuxième l'invalidant.
  3) **Poser la problématique**, qui est une nouvelle question ayant pour fonction de prendre de la hauteur vis-à-vis du sujet.
- **Annonce du plan** : cette étape consiste à faire mention des deux ou trois axes que vous allez suivre pour réaliser votre dissertation. En principe, une dissertation dialectique comporte trois axes : thèse, antithèse, synthèse. Mais il est possible de limiter notre devoir à deux axes - thèse et antithèse.

2. Développement

Après avoir rédigé l'introduction de la dissertation, il s'agit de rédiger le développement, autrement dit les trois axes de la dissertation. Pour ce faire, il suffit de respecter le plan détaillé tel qu'il a été conçu préalablement.
Après avoir sauté deux lignes à la suite de votre introduction, voici les étapes que votre développement doit respecter. Chacune de ces étapes doit être précédée d'un alinéa.

Amorce du premier axe : En une ou deux phrases, exprimez l'idée générale que vous allez défendre.
Sous-partie : Chacune des trois sous-parties se structure de façon identique.
- Formulez votre argument en vous inspirant du titre que vous aviez donné à cette sous-partie dans votre plan détaillé.
- Justifiez votre argument en vous référant à un exemple tiré de l'œuvre étudiée.
- Analysez l'exemple de sorte qu'il corresponde à l'argument préalablement posé.
- Rédigez une phrase de conclusion de cette sous-partie. Pour ce faire, inspirez-vous simplement de l'argument de votre sous-partie.

Que déduire de cette manière de procéder ? Toutes vos sous-parties sont de même proportion ! D'ailleurs, **pour vous donner un ordre d'idées, dites-vous qu'une bonne sous-partie de dissertation comporte en moyenne 6 ou 7 phrases.**

Au terme de la rédaction de votre thèse, composée de trois sous-parties, sautez deux lignes pour rédiger votre passage de transition. Le passage de transition consiste à conclure votre premier axe et à annoncer le deuxième. Pour ce faire, vous pouvez vous inspirer de votre annonce du plan, en prenant soin de la reformuler.

Après le passage de transition, sautez de nouveau deux lignes et rédigez le développement de votre antithèse. Pour ce faire, adoptez la même méthode de structuration et de rédaction que pour la thèse.

L'opération se répète à l'identique pour opérer votre transition de l'antithèse vers la synthèse.

3. Conclusion

La conclusion est aussi cruciale que l'introduction. Elle est le dernier contact visuel du professeur avec votre devoir. Il ne faut en aucun cas la rédiger précipitamment ou ne pas la faire du tout ! Le correcteur vous sanctionnerait de ne pas avoir suffisamment bien géré votre temps. Aussi, soignez la rédaction de votre conclusion, quitte, si le temps venait à manquer, à ne pas rédiger la dernière sous-partie de votre synthèse. Mieux vaut conclure !

Une conclusion se compose de deux étapes :

- **Première étape : faire le bilan du développement**. Cela implique que vous reveniez sur ce que vous avez expliqué au fur et à mesure de votre dissertation. Concrètement, au même titre que le passage de transition, une astuce consiste à vous inspirer de votre annonce du plan, en l'approfondissant.
- **Seconde étape : ouverture.** Cette étape consiste à établir une correspondance entre l'œuvre étudiée dans votre dissertation et une autre œuvre littéraire, ou bien à faire référence à un évènement historique en lien avec l'œuvre étudiée.

III - Critères pour évaluer une dissertation

			Maîtrisé	À améliorer	Non maîtrisé
Introduction	Présentation	Y-a-t-il une phrase d'accroche ?			
	Problématique	Le sujet est-il cité ? La problématique est-elle formulée ?			
	Plan	Le plan dialectique est-il annoncé ? Permet-il de répondre à la question posée ?			
Développement	Présentation	La partie commence-elle par une phrase qui présente l'idée à expliquer ?			
	Sous-parties	Chaque axe (thèse, antithèse, synthèse) contient-il bien 2 ou 3 sous-parties ?			
	Exemples	Les arguments sont-ils illustrés par des exemples extraits de l'œuvre littéraire ?			
	Analyses	Les exemples sont-ils analysés ?			
	Transition	Chaque axe (thèse, antithèse, synthèse) se termine-t-il par une transition ?			
Conclusion	Problématique	La problématique a-t-elle été traitée ?			
	Bilan	Les principales étapes du développement ont-elles été reprises brièvement ?			
	Ouverture	La conclusion se termine-t-elle par une ouverture ?			
Présentation	Orthographe	Les fautes d'orthographe ont-elles été corrigées ?			
	Présentation	Des sauts de lignes entre les parties sont-ils présents ? Les parties et les sous-parties commencent-elles par un alinéa ?			
	Titre	Le titre de l'œuvre est-il souligné ?			

IV - Comment reconnaître une bonne ou une mauvaise dissertation ?

UNE BONNE DISSERTATION	UNE MAUVAISE DISSERTATION
Cerne l'intérêt et la pertinence de la question posée.	Considère la question sans aucun intérêt (ça se devine à la lecture de la copie !)
Comporte un plan dialectique (thèse, antithèse, synthèse) afin de donner une réponse critique.	Apporte une réponse **catégorique** à la question posée sans en peser le pour et le contre.
Illustre les différents arguments par des **exemples** extraits de l'œuvre étudiée.	**N'illustre jamais** ses idées par des extraits de l'œuvre étudiée (sans exemple, il est inutile de choisir la dissertation) ou s'appuie sur des exemples autres que des extraits de l'œuvre.
Analyse les exemples cités.	Se contente de juxtaposer différents exemples sans prendre la peine de les commenter.
Propose une réflexion bien **organisée** sous forme de parties et de sous-parties.	Propose une réflexion au fil de la plume, sans aucune organisation.
Est écrite dans un français correct, sans fautes d'orthographe avec les titres d'œuvres soulignés.	Est écrite dans un français relâché, avec de nombreuses fautes d'orthographe, sans titres d'œuvres soulignés.

DEUXIÈME LEÇON

Étude de cas

Sujet : « La pièce *Le Mariage de Figaro* peut-elle seulement être qualifiée de comédie de valet ? »

Correction

1. Analysez le sujet

- Le sujet de la dissertation est une question au style direct dont il est possible, grammaticalement, de répondre simplement par oui ou par non. Cela implique de suivre un plan dialectique : thèse, antithèse, synthèse. L'adverbe « seulement » confirme cette hypothèse qu'il faut apporter une réponse complexe à la question posée, à travers un plan dialectique.
- Le sujet porte sur l'œuvre au programme *Le Mariage de Figaro*. C'est une pièce de théâtre jouée pour la première fois en 1784, appartenant au genre de la comédie. Au brouillon, il s'agit de prendre un certain nombre de notes relatives à l'œuvre, aux actes, aux scènes emblématiques et aux répliques que vous connaissez.
- L'expression « comédie de valet » renvoie à une définition précise : une pièce de théâtre mettant en avant une relation complexe entre deux personnages que tout oppose, sous un angle comique.

2. Construire le plan

Thèse - Une pièce de théâtre emblématique des comédies de valets
Antithèse - Une pièce de théâtre qui renouvelle le genre
Synthèse - Une œuvre intégrale qui soulève un questionnement philosophique

Plan en trois axes

I - Une pièce de théâtre emblématique des comédies de valets
a) Une pièce visant à faire rire (comique de situation)
b) Un valet à la fonction comique placé au centre de l'intrigue
II - Une pièce de théâtre qui renouvelle le genre
a) Une pièce comportant des éléments tragiques
b) Figaro : un personnage amoureux
III - Une œuvre intégrale qui soulève un questionnement philosophique
a) Figaro : un personnage soucieux de s'arracher à sa condition
b) Une œuvre humaniste et avant-gardiste

3. Rédiger

a) Introduction :

Jouée pour la première fois en 1784, la pièce de théâtre Le Mariage de Figaro est une œuvre écrite par Pierre de Beaumarchais. Elle met en scène un valet du nom de Figaro cherchant à mettre en place un stratagème pour contrer les plans de son maître, le comte Almaviva. De par sa teneur comique et la typologie des personnages, Le Mariage de Figaro correspond aux critères de la comédie de valet, en ce que la dialectique du fort et du faible en constitue l'intrigue principale.

Mais la pièce Le Mariage de Figaro peut-elle seulement être qualifiée de comédie de valet ? En effet, Figaro tend à se distinguer du stéréotype du valet de par l'approche stratégique qu'il adopte pour atteindre son objectif : épouser Suzanne, la servante de la comtesse, convoitée par le comte. En d'autres termes, le personnage du Valet est-il réductible à sa fonction comique ? Ou bien, au contraire, porte-t-il en lui des valeurs supérieures, emblématiques du héros traditionnel ? D'ailleurs, cette pièce de théâtre ne poursuit-elle pas un autre objectif ? Ne se profile-t-il pas une réflexion plus éminente, plus philosophique, plus humaniste ?

S'il est vrai que Le Mariage de Figaro est une pièce comique, elle ne se limite pas à cette fonction et renouvelle le genre : en fait, elle pose de manière inédite la question de la place de l'homme dans une société hiérarchisée et inégale.

Cette introduction procède d'une phrase d'ancrage culturel, qui présente l'œuvre à partir de ses éléments globaux (titre, auteur, année de publication, genre littéraire, mouvement littéraire). S'ensuit un court développement sur les caractéristiques plus spéciales de l'œuvre, en lien avec la question, à savoir la comédie de valet.

Précédée d'un alinéa, la problématique est le deuxième mouvement de l'introduction. Elle commence par la reprise du sujet tel qu'il a été formulé dans l'énoncé. Ensuite, on approfondit la question pour en montrer le bien-fondé. La reformulation du sujet s'articule autour de deux questions, précédées des connecteurs logiques « en d'autres termes » et « ou bien, au contraire ». Les deux dernières questions constituent à elles deux ce qui est couramment appelé la « problématique » : elles posent une nouvelle question qui dépasse la question initiale.

b) Développement

Nous n'allons pas vous proposer une rédaction intégrale du développement de la dissertation. Soyons pragmatiques : comme nous l'avons vu précédemment, toutes les sous-parties sont rédigées et structurées de la même manière !
Aussi, nous nous contenterons de rédiger **la phrase d'amorce de la thèse, suivie de la première sous-partie** que nous avions intitulée dans notre plan : a) Une pièce visant à faire rire.

Certaines caractéristiques de la pièce Le Mariage de Figaro sont emblématiques de ce qui définit une comédie de valet : l'humour.

La fonction première de la pièce est incontestablement celle de faire rire le spectateur. En effet, à l'instar de la farce, Le Mariage de Figaro vise moins à faire réfléchir le spectateur ou le lecteur qu'à le divertir et à l'amuser. Les scènes 7, 8 et 9 de l'acte I mettent d'ailleurs en place un comique de situation, les prétendants de Suzanne défilent un à un dans la chambre de cette dernière pour lui déclarer leur flamme. Quand l'un entre en scène, l'autre se cache. Le comique réside dans leur façon commune de se dissimuler, à savoir un simple fauteuil. Ainsi, le comte s'adresse à Suzanne sans savoir que Chérubin, le premier prétendant, est déjà là, caché à proximité, entendant l'intégralité de la conversation. Cette situation burlesque est faite pour distraire et faire sourire le spectateur qui se réjouit de cette situation loufoque. L'esprit de cette pièce consiste donc bel et bien ici à divertir le spectateur par les moyens couramment employés au théâtre.

Premier alinéa : amorce de la thèse. Cette première phrase se contente d'annoncer l'idée directrice qui oriente les trois sous-parties.
Deuxième alinéa : la sous-partie. La première étape est la formulation de l'argument, autrement dit la rédaction du titre de la première sous-partie, qui est intitulée « Une pièce visant à faire rire (comique de situation) ». La deuxième étape est l'exemple (les scènes 7, 8 et 9 de l'acte I) suivi de son analyse. La troisième et dernière étape est la conclusion du paragraphe ; elle opère également la transition vers la sous-partie suivante. Ainsi, nous avons bel et bien une sous-partie qui est un paragraphe argumenté comportant un argument, un exemple rigoureusement analysé et une phrase de conclusion.

c) Passage de transition

Le passage de transition a pour vocation de conclure le premier axe et d'annoncer le deuxième axe qui va être abordé. Dans ce sens, il est recommandé de s'inspirer de la partie de l'annonce du plan comportant la thèse et l'antithèse pour élaborer votre passage de transition.

- **Annonce du plan** : *S'il est vrai que Le Mariage de Figaro est une pièce comique, elle ne se limite pas à cette fonction et renouvelle le genre.*

En nous inspirant de cette annonce du plan, voici le passage de transition :

- **Passage de transition** : *En dépit d'un certain nombre de conventions inhérentes à la comédie de valet, Le Mariage de Figaro n'est pas réductible à cette définition : cette pièce comporte des éléments qui dérogent à la règle et renouvellent le genre.*

Comme vous pouvez le constater, le passage de transition est simplement le prolongement de l'annonce du plan.

d) Conclusion

La conclusion consiste à faire le bilan des trois axes étudiés au cours du développement, suivi d'une ouverture, c'est-à-dire d'une mise en relation avec une autre œuvre littéraire. Pour le bilan de votre conclusion, il est recommandé de vous inspirer de l'annonce du plan et du passage de transition.

> **Bilan :** *Le Mariage de Figaro est une pièce de théâtre complexe : certes, elle est emblématique de la comédie de valet en ce qu'elle comporte un certain nombre d'éléments comiques, divers et variés. Cela étant dit, elle s'en éloigne malicieusement, en incorporant des éléments novateurs qui confèrent une force inédite à une comédie de ce genre. En fait, cette pièce est elle-même dépassée par son propre message, en révolutionnant non seulement le théâtre, mais aussi en contribuant à porter le message égalitaire des philosophes des Lumières.*
> **Ouverture** : *D'ailleurs, Le Mariage de Figaro est une pièce tellement subtile qu'elle fut interdite de publication, ayant été jugée trop sulfureuse et trop dangereuse par le roi en personne.*

Exercice 2

Exercice de dissertation

Les Fables servent-elles seulement à nous divertir ?
Vous rédigerez l'intégralité de cette dissertation.

FRANÇAIS

2de / 1re

3e SÉRIE

PREMIÈRE LEÇON

Méthodologie : L'épreuve orale
- Le commentaire linéaire
- La question de grammaire
- L'entretien

DEUXIÈME LEÇON

Étude de cas : Montesquieu, *Lettres Persanes*, Lettre 28, 1721

PREMIÈRE LEÇON

Méthodologie : l'épreuve orale

I - Qu'est-ce que l'épreuve orale de français du bac ?

1. Vous allez pendant l'année de 1re étudier un certain nombre de textes (environ 20). Ce sont des extraits de romans, de pièces de théâtre et des poèmes. Ces textes sont des passages d'œuvres intégrales étudiées en classe ou bien des textes complémentaires.

2. Le jour du bac, vous amènerez une liste signée par votre enseignant qui contiendra :
- La liste des textes avec des problématiques pour chaque objet d'étude.
- Tout ce que vous avez étudié pendant l'année (textes complémentaires, sorties, etc.)

3. L'épreuve orale dure 20 minutes. Elle est composée de trois parties :
- Le commentaire linéaire d'un texte choisi par l'examinateur parmi ceux présents sur votre liste. Vous aurez 10 minutes de restitution.
- Une question de grammaire, portant généralement sur une phrase extraite du texte dont vous avez fait le commentaire linéaire. Mais ce peut être également tout autre chose : le jury décide ! Vous aurez 2 minutes pour traiter cette question.
- Un entretien qui portera sur une œuvre que vous avez étudiée et choisie de présenter au jury. Vous expliquerez les raisons pour lesquelles vous avez choisi cette œuvre pendant 3 à 4 minutes, suite à quoi le jury vous posera quelques questions en réaction à votre exposé.

4. La préparation de l'épreuve dure 30 minutes. Vous consacrerez la plupart de votre temps à structurer le plan de votre commentaire linéaire ; vous accorderez ensuite quelques minutes à la préparation de votre question de grammaire.

5. Le commentaire linéaire est noté sur 10 points, la question de grammaire sur 2 points, l'entretien sur 8 points.

II - De bons conseils pour l'oral du bac

Pendant l'année scolaire :

1. Apprenez régulièrement les explications de votre enseignant.

2. Faites des fiches reprenant l'introduction et le plan du commentaire linéaire proposés par le professeur ; notre conseil est de les faire assez tôt dans l'année de façon à simplifier vos révisions.

Le jour du bac :

1. Amenez deux classeurs identiques et complets avec les commentaires linéaires vus en classe ainsi que deux exemplaires des œuvres intégrales étudiées (ni abîmés, ni annotés).

2. La présentation est importante : soignez votre tenue ! N'oubliez pas les « bonjour Monsieur/ Madame, merci Monsieur/Madame, au revoir Monsieur/Madame » !

3. N'oubliez pas votre montre (pas de téléphone portable !)

I - Préparation

Prenez 25 minutes pour préparer votre commentaire linéaire au brouillon. Un conseil : n'écrivez que sur le recto de vos feuilles de brouillon afin de ne pas vous perdre dans vos notes !

Travail préparatoire du commentaire linéaire au brouillon : 25 minutes

Premier recto : Introduction

- Ancrage culturel (1 phrase)
- Présentation de l'auteur (1 phrase)
- Présentation de l'œuvre (1 phrase)
- Présentation de l'extrait (1/2 phrases)
- Lecture de l'extrait
- Problématique (1 phrase - question au style direct)
- Annonce du plan par la phrase "Pour répondre à cette problématique", [...] + (2/3 phrases selon le plan en 2 ou 3 axes)

Deuxième recto : I

Phrase d'amorce I (sous forme rédigée)
Structuration plan détaillé (sous forme de notes)

Troisième recto : II

Passage de transition I/II (sous forme rédigée)
Structuration plan détaillé (sous forme de notes)

Quatrième recto : Conclusion

Bilan I/II (sous forme rédigée)
Ouverture (sous forme rédigée)

DEUXIÈME LEÇON

ÉTUDE DE CAS

Vous ferez le commentaire linéaire suivant :

Je vis hier une chose assez singulière, quoiqu'elle se passe tous les jours à Paris.

Tout le peuple s'assemble sur la fin de l'après-dînée, et va jouer une espèce de scène que j'ai entendu appeler comédie. Le grand mouvement est sur une estrade, qu'on nomme le théâtre. Aux deux côtés, on voit, dans de petits réduits qu'on nomme loges, des hommes et des femmes qui jouent ensemble des scènes muettes, à peu près comme celles qui sont en usage en notre Perse.

Ici, c'est une amante affligée qui exprime sa langueur ; tantôt une autre, avec des yeux vifs et un air passionné, dévore des yeux son amant, qui la regarde de même : toutes les passions sont peintes sur les visages, et exprimées avec une éloquence qui n'en est que plus vive pour être muette. Là, les actrices ne paroissent qu'à demi-corps, et ont ordinairement un manchon, par modestie, pour cacher leurs bras. Il y a en bas une troupe de gens debout, qui se moquent de ceux qui sont en haut sur le théâtre, et ces derniers rient à leur tour de ceux qui sont en bas.

Montesquieu, *Lettres Persanes*, Lettre 28, 1721

CORRECTION

1) Introduction (1er recto)

La philosophie des Lumières peut se définir comme un courant culturel qui s'est développé en France au XVIIIe siècle et qui a pour vocation de donner à tout homme le goût de la connaissance et de l'ouverture afin de faire primer la raison sur toute autre considération. Figure emblématique de ce courant philosophique, Montesquieu s'est penché sur l'illusion européenne, et tout particulièrement française, qui consiste à se penser comme le centre du monde au point de dénigrer le reste de l'humanité. Justement, dans le roman épistolaire Lettres persanes, publié en 1721, Montesquieu met en scène deux Persans, Usbeck et Rica, en déplacement en France ; les deux amis rendent compte à leurs compatriotes demeurés au pays des spécificités de cette culture, en tout point distincte de la leur. Dans un extrait de la lettre 28, Rica fait la découverte du théâtre français ; il fait part à son interlocuteur de son grand étonnement. (Je vais à présent procéder à la lecture de l'extrait). Par quels moyens cette description de la comédie française permet-elle au lecteur d'y porter un regard critique ? Pour répondre à cette problématique, nous nous intéresserons d'abord au témoignage d'un homme au regard stupéfait (lignes 1-5), puis nous analyserons la description à visée satirique (lignes 6-11).

Lorsque vous annoncez votre lecture, lisez l'extrait en question, à haute et intelligible voix !

2) Premier axe (2e recto)

Phrase d'amorce : *Rica livre un témoignage stupéfait de ce qu'il a dernièrement découvert : la façon particulière dont se déroule une pièce de théâtre à la française.*

a. Une introduction énigmatique (l1)

- Passé simple « je vis » => souligne l'effet de surprise, bouleversement, partage, étonnement
- Adjectif « singulière »+substantif « chose » => traduit sa volonté de capter l'attention du destinataire
- Antithèse (« singulière » vs « tous les jours ») => met en évidence l'étonnement du narrateur

b. Une description apparemment naïve d'une pièce de théâtre (l2 - 3)

- Éléments de langage ambigus (« Fin de l'après-midi » ; « une espèce de ») => méconnaissance de ce à quoi il assiste
- Propositions subordonnées « que j'ai entendu appeler » ; « qu'on nomme » => découverte d'un phénomène inédit pour lui
- Champ lexical du théâtre => apprentissage des mots qui correspondent à ce qu'il voit

c. **Une description didactique pour expliquer clairement à son interlocuteur ce qu'il voit (l3 - 5)**

- Deux occurrences du pronom personnel indéfini « on » => approche pédagogique
- Champ lexical du théâtre (« loge », « jouer », « muette ») => éléments de précision
- Comparaison « comme celles qui sont en usage en notre Perse » => complicité culturelle

3) Deuxième axe (3e recto)

Phrase de transition : *Nous avons vu que Rica exprime son étonnement quant à la façon particulière dont les Français conçoivent l'art et leur manière de penser le théâtre. Nous allons étudier à présent la portée satirique de l'extrait (l6-11).*

a. **Satire de l'art européen (l6-8)**

- Ironie « amante affligée qui exprime sa langueur » => critique du jeu théâtral
- Antiphrase (« toutes les passions sont peintes sur les visages ») => démesure : attitude, jeu théâtral, sentiments
- Antithèse (« éloquence qui n'en est que plus vive pour être muette ») => jeu caricatural et grotesque

b. **Satire des mœurs européennes (l8-10)**

- Euphémisme (« à demi-corps ») => impudeur et légèreté
- Antiphrase (« par modestie ») => le narrateur se moque des effets d'emphase

c. **Satire de la société (l10-11)**

- Parallélisme de construction => ironie du narrateur
- Opposition haut/bas => critique des inégalités + classe sociale de l'époque
- Champ lexical du rire => accentue la satire + critique du regard étranger que porte Rica sur les Européens

4) Conclusion (4e recto)

À partir d'un témoignage original au cours duquel Rica fait part de son étonnement à son interlocuteur de par l'impression que lui a laissée la découverte d'une pièce de théâtre à la française, Montesquieu fait une satire de la société européenne et de ses mœurs particulières, qui n'ont rien d'universelles ni de spécialement supérieures. Il invite le lecteur à se remettre en question et à mobiliser davantage sa raison de telle sorte qu'il puisse faire preuve d'une plus grande tolérance.
Dans ce sens, ce texte peut être mis en relation avec le conte Candide de Voltaire dans la mesure où le regard naïf du personnage éponyme de Candide est comparable à celui de Rica, quoique ce dernier mobilise davantage l'ironie.

II - L'épreuve orale commence :

Première partie : l'explication de texte

1. Lisez votre introduction telle que vous l'avez rédigée
2. Lisez le texte de façon bien expressive (entraînez-vous pendant l'année !). La lecture sert à déterminer si vous avez bien compris le ton et le registre dominant du texte. Une mauvaise lecture, surtout sur un poème ou un extrait de théâtre, sera sanctionnée.
3. Formulez votre problématique et annoncez le plan.
4. Commencez votre explication.
5. N'oubliez pas de répondre à la problématique dans la conclusion.
6. L'explication ne doit pas être inférieure à 8 minutes, mais ne dépassez pas 10 minutes (regardez votre montre !)

Conseils :

1. Ne jamais être dépendant de ses notes ! Il faut regarder l'examinateur régulièrement !
2. Ne pas donner l'impression de réciter par cœur une explication !
3. Attention aux tics : jouer avec son stylo, passer régulièrement la main dans les cheveux.
4. Attention à l'éloquence : évitez les répétitions (très fréquentes !) de « heu, heu, heu », les phrases formulées à vous-même (« ah, j'ai oublié ! »), les soupirs, etc.
5. N'oubliez pas que vous passez une épreuve orale : soyez convaincant, croyez en ce que vous affirmez, faites preuve d'enthousiasme !

Deuxième partie : la question de grammaire

La question de grammaire est une partie très particulière de l'oral du bac. Vous n'avez que 2 minutes pour traiter cette question de grammaire qui vous aura été donnée au début de l'épreuve, c'est-à-dire en même temps que le texte du commentaire linéaire. Pour sans cesse vous améliorer en grammaire, nous vous recommandons l'ouvrage **Orthographe et Grammaire de Cours Legendre**, portant sur le sujet. Ceci étant dit, en quelques mots, voici ce qu'il faut savoir sur cette épreuve afin de bien vous y préparer.

Préparation :

Vous avez 5 minutes pour préparer votre question de grammaire. Il s'agit uniquement de décrypter la structure grammaticale d'une phrase ; il ne vous est pas demandé de l'analyser sur un plan littéraire ! Pour l'analyser correctement, il faut recourir à la technique de l'entonnoir : aller du plus général au plus particulier. Pour le dire autrement, vous commencez par étudier la phrase dans son ensemble avant d'en étudier les plus petits éléments. Ne rédigez surtout pas votre réponse ! Contentez-vous de prendre quelques notes pour vous aider et vous guider.

Exemple : "Je vis hier une chose assez singulière, quoiqu'elle se passe tous les jours à Paris."

- **Proposition principale + proposition subordonnée**
    - **Proposition principale : sujet + verbe + complément**
        - Sujet : pronom personnel « je », première personne du singulier
        - Verbe : « voir » au passé simple
        - « Hier » nature : adverbe/fonction : complément circonstanciel de temps
        - « Une chose assez singulière » : COD de la phrase principale
    - **Proposition subordonnée**
        - Adverbe : « quoique »
        - Complément circonstanciel de temps (tous les jours)
        - Complément circonstanciel de lieu via le groupe prépositionnel « à Paris »

Troisième partie : l'entretien

Faisant suite à la question de grammaire, l'entretien a pour vocation de vous entendre parler de l'œuvre littéraire que vous avez choisie de présenter, avant que quelques questions vous soient posées.

1) Présentation de l'œuvre au programme

Pour présenter l'œuvre au programme, il est nécessaire de s'être préalablement préparé et entraîné. Ce n'est pas une épreuve d'improvisation ! En revanche, vous n'aurez pas de notes sous les yeux, d'où l'importance d'avoir un plan à l'esprit pour ne pas vous perdre.

Durée de la présentation : 4 minutes maximum

Plan :

- **Introduction**
- **I - Description de l'œuvre**
- **II - Explication de votre choix**
- **Conclusion**

Exemple : Francis Ponge, *Le parti pris des choses* (1942)

Introduction (15 secondes)

Pour vous préparer efficacement, il est recommandé de bien travailler votre introduction et de l'apprendre par cœur. Vous pouvez vous inspirer de la phrase d'amorce suivante pour commencer toutes vos présentations : « L'œuvre dont j'ai choisi de vous parler est [...] + auteur + courant culturel/époque/indication d'un contexte historique. »

L'œuvre dont j'ai choisi de vous parler est Le parti pris des choses*, un recueil de poèmes en prose écrit par Francis Ponge, publié en 1942, en plein cœur de la seconde guerre mondiale.*

I - Description de l'œuvre (15 secondes)

La description de l'œuvre que vous avez choisie doit être courte. Il ne s'agit pas d'entrer dans le détail, mais de présenter dans les grandes lignes ce en quoi consiste l'œuvre que vous avez choisie.

Constatant l'échec de l'idéal humaniste, cette foi en la perfectibilité de l'homme, Francis Ponge cherche à réenchanter le quotidien en décrivant des choses banales, des objets inanimés, à travers des poèmes comme « Le pain », « L'huître » ou encore « Le cageot ».

II - Explication de votre choix (2 minutes)

Cette étape consiste à donner les raisons pour lesquelles vous avez choisi cette œuvre plutôt qu'une autre. Il est recommandé de structurer son argumentaire en trois temps, c'est-à-dire en trois arguments, en s'appuyant sur les connecteurs logiques « d'abord », « ensuite », « enfin », afin de donner un effet de cohérence à votre propos. Pour annoncer votre explication, vous pouvez vous inspirer de l'amorce suivante : « J'ai choisi de vous présenter cette œuvre, et ce, pour trois raisons principales. »

J'ai choisi de vous présenter cette œuvre, et ce, pour trois raisons principales :

*- **D'abord**, ce qui m'a plu, c'est ce regard étonnant que le poète porte sur son environnement, comme serait celui d'un enfant sur le monde qu'il découvre. Si l'on prend pour exemple le poème* Le pain*, on découvre que le poète fait des comparaisons surprenantes pour désigner le pain. En effet, la comparaison « Les Alpes, le Taurus ou la Cordillère des Andes » rend compte de sa perception originale de ce qui, pour le commun des mortels, ne serait rien d'autre qu'un vulgaire morceau de pain. Le poète nous invite donc à regarder le monde autrement, à le redécouvrir avec un œil neuf.*

*- **Ensuite**, ce qui a retenu mon attention, c'est la liberté d'expression et de formulation que permet la prose par rapport à la versification. On peut voir le monde en poète sans se limiter à l'alexandrin ou au sonnet. Si l'on se réfère au poème* La cigarette*, on constate que le poète structure son texte en trois strophes qui ressemblent d'ailleurs à des paragraphes argumentés. Aussi, en plus de s'exprimer en prose et non pas en vers, Ponge parle en toute liberté, sans se limiter à aucune règle poétique comme l'exigeaient les poètes de la Pléiade au XVIe siècle (inventeurs du sonnet et de l'alexandrin) ou encore les poètes classiques du XVIIe. Il se libère de la forme versifiée en préférant la prose, comme le faisait Rimbaud au XIXe siècle.*

*- **Enfin**, ce qui m'a interpellé(e), c'est l'humour, cette façon démesurée de parler des choses banales. Si l'on fait allusion au poème* L'Huître*, on remarque que Ponge s'appuie sur des métaphores qui ont une connotation hyperbolique. La métaphore « sous un firmament (à proprement parler) de nacre, les cieux d'en dessus s'affaissent sur les cieux d'en dessous » a une visée comique, c'est en quelque sorte de l'autodérision : à force de réenchanter les objets du quotidien, il en vient à les percevoir de façon délirante et loufoque.*

Conclusion (30 secondes)

La conclusion doit être percutante. Elle ne consiste pas à revenir point par point sur ce qui a été dit préalablement. Il s'agit de donner un argument supplémentaire, moins scolaire et plus personnel. Pour annoncer votre explication, vous pouvez vous inspirer de l'amorce suivante : « Pour conclure, j'ai beaucoup aimé cette œuvre pour les raisons que j'ai invoquées mais aussi et surtout [...]. »

Pour conclure, j'ai beaucoup aimé cette œuvre pour les raisons que j'ai invoquées mais aussi et surtout parce que ces poèmes nous donnent envie de voir le monde avec plus de légèreté, plus de simplicité. Nous vivons dans un monde complexe, difficile parfois, et je crois qu'il est nécessaire, pour être heureux, de savoir apprécier les petites choses et de ne rien considérer comme anodin. Toute petite chose peut avoir son importance.

2) La séquence de questions/réponses

Il ne s'agit pas d'un interrogatoire pour tester vos connaissances ! Vous ne devez pas répondre brièvement mais, au contraire, construire une réflexion à partir des questions qui vous sont posées, en réaction à votre argumentaire relatif à l'œuvre choisie. N'hésitez pas à développer vos idées !

Conseils :

1. L'examinateur teste vos connaissances sur l'œuvre que vous avez traitée mais également votre capacité à réfléchir et à convaincre.

2. Vous devez montrer que vous êtes capable de dialoguer, que l'œuvre que vous avez étudiée pendant l'année vous a fait réfléchir sur la littérature et le monde en général.

3. Un entretien se prépare : essayez pendant l'année d'imaginer les questions que l'on pourrait vous poser ainsi que vos réponses. Soyez stratège !

N'oubliez pas : un entretien n'est pas un interrogatoire ! Ne jamais répondre par oui ou par non ! L'examinateur veut évaluer vos connaissances mais également votre capacité à construire une réflexion, à argumenter, à capter l'attention. Soyez enthousiaste ! Et surtout :

ENTRAÎNEZ-VOUS !

IV - Comment reconnaître un bon ou un mauvais oral

Un bon oral, c'est :	Un mauvais oral, c'est :
Un classeur ***complet***, avec lectures analytiques, lectures cursives, documents complémentaires, bien rangé, un intercalaire séparant chaque objet d'étude (en deux exemplaires).	Un classeur incomplet, mal rangé, en un seul exemplaire.
Une tenue et une politesse irréprochables.	Une allure débraillée, un portable qui sonne.
Une lecture ***expressive***.	Une lecture approximative ou sans vie.
Un candidat qui ***regarde*** régulièrement l'examinateur.	Un candidat qui se contente de ***lire*** ses notes.
Une voix claire, un bon débit de parole.	Un candidat qui parle trop doucement, trop fort, trop lentement, trop vite.
Un ***enthousiasme*** communicatif.	Un candidat ***terrorisé*** ou qui donne le sentiment de s'ennuyer.
Un commentaire linéaire respectant la problématique et un plan logique.	Un commentaire linéaire sans aucune structure identifiable.
Une explication ***complète***.	Une explication incomplète et nécessairement ***trop courte***.
Un entretien où l'on devine une vraie ***réflexion*** et une capacité à développer ses idées et à capter l'attention.	Un entretien où le candidat se contente de répondre par oui ou par non, ou par des phrases ***brèves*** sans jamais expliquer ses idées.
Des connaissances ***solides*** sur les objets d'étude.	Des ***lacunes*** importantes sur les objets d'étude.

IV - Critères pour évaluer une prestation orale

			Maîtrisé	**À améliorer**	**Non maîtrisé**
Introduction	**Présentation**	L'extrait est-il présenté ?			
	Lecture	La lecture est-elle expressive ?			
	Problématique	La question est-elle bien posée ?			
	Plan	Le plan est-il annoncé ? Permet-il de répondre à la question posée ?			
Développement	**Présentation**	Les titres des parties sont-ils annoncés ?			
	Explication	Le texte est-il bien expliqué ?			
	Citation	Le texte est-il cité ?			
	Commentaires	Les citations sont-elles commentées ?			
	Figures de style	Les figures de style sont-elles relevées et expliquées ?			
Conclusion	**Problématique**	Avez-vous répondu à la problématique ?			
	Reprise des étapes	Les étapes du développement ont-elles été reprises brièvement ?			
	Ouverture	La conclusion se termine-t-elle par une ouverture ?			
Oral	**Regard**	Étiez-vous détaché(e) de vos notes ? Avez-vous regardé l'examinateur ?			
	Assurance	La voix était-elle claire, le débit de parole convenable, le ton enthousiaste ?			
Entretien	**Connaissances**	Avez-vous répondu aux questions posées, sans oubli ni hésitation ?			
	Réflexion	Avez-vous réussi à construire une réflexion ?			
	Conviction	Avez-vous expliqué vos idées avec enthousiasme, en donnant le sentiment d'y croire ?			

Exercice 3

Entretien

Donnez trois arguments qui vous ont conduit à choisir le roman d'Albert Camus, *L'Étranger*. Justifiez votre réponse en vous référant à l'œuvre.

FRANÇAIS

2de / 1re

4e SÉRIE

PREMIÈRE LEÇON

Cours : Les figures de style

DEUXIÈME LEÇON

Cours : Les registres

PREMIÈRE LEÇON

Les figures de style

1. Les figures d'analogie (de ressemblance)

Figure de style	Définition	Exemple	Effet produit
Comparaison	Trouver des ressemblances ou des différences entre deux éléments à l'aide d'un outil de comparaison.	« Il hurle **comme** un coyote » : le hurlement est comparé à celui d'un coyote pour souligner qu'il est bruyant.	La comparaison souligne un aspect, une qualité, un défaut particulièrement marquant.
Métaphore	Comparaison sans outil de comparaison. La métaphore doit se deviner en contexte.	« Cette fille est une rose » : on a comparé une fille à une rose par allusion à sa beauté extérieure.	Elle permet un usage poétique de la langue et insiste sur un trait marquant d'un individu, d'un endroit ou d'une situation.
Métaphore filée	La métaphore est dite « **filée** » quand elle est développée sur plusieurs phrases.	« Cette fille est une rose, son parfum est agréable mais attention à ses épines ! »	La métaphore filée approfondit les effets produits par la métaphore.
Métonymie	Utilisation d'un terme plus vague que celui attendu, la partie pour le tout, le contenu pour le contenant.	« Boire un verre » : on ne boit pas le verre, mais le contenu du verre.	Elle insiste sur un trait marquant, une qualité.
Périphrase	Utilisation de plusieurs mots au lieu de celui attendu pour désigner une même réalité (notamment un surnom).	- « La capitale, la ville lumière » pour désigner Paris, - « The king of pop » pour désigner Michael Jackson.	- Elle permet d'éviter une répétition et d'enrichir le vocabulaire. - Elle insiste sur un trait marquant d'une personne ou d'un endroit.
Personnification	Les animaux se mettent à parler ou les objets à vivre.	- les animaux : les fables de la fontaine, - les objets : Fantasia.	Elle permet la critique indirecte : La Fontaine se sert d'un lion pour critiquer discrètement le roi.
Allégorie	Exprimer une idée par un symbole.	- la faux pour désigner la mort, - le sablier : le temps.	Elle permet d'exprimer ce qui n'est pas exprimable autrement.

2. Les figures d'insistance

Figure de style	Définition	Exemple	Effet produit
Hyperbole	Exagération dans l'emploi du vocabulaire.	- « Je suis mort » pour dire « je suis fatigué », - « J'ai une faim de loup ».	Exagérer l'expression donne davantage d'intensité au sentiment exprimé.
Gradation	Suite de mots courts et expressifs dans l'ordre croissant.	« Va, cours, vole et nous venge ! » (Corneille)	Les sentiments sont exprimés plus intensément.
Apostrophe	Interpeller une personne	« **Oh** mon amour, que je t'aime ! »	Elle exprime un sentiment fort : bonheur, souffrance, etc.
Allitération	Répétition d'une même consonne.	« J'a**v**oue, j'en ai ba**v**é » (Gainsbourg)	
Assonance	Répétition d'une même voyelle.	**« Abracadabra »**	
Anaphore	Répétition d'un même mot au début ou à la fin d'une phrase ou d'une proposition.	« J'aime ta voix j'aime tes yeux j'aime les lèvres. »	Insistance sur un sentiment ou une idée forte.
Chiasme	Croisement dans une construction (rimes ABBA), comme un miroir au milieu de la phrase.	« Il faut manger pour vivre // et non vivre pour manger. »	Il met en relief certains termes qui se remarquent plus facilement.
Pléonasme	Utilisation de deux mots coordonnés de même sens.	- « monter en haut », - « descendre en bas ».	Insistance sur l'idée exprimée.

3. Les figures d'atténuation

Figure de style	Définition	Exemple	Effet produit
Litote	Dire peu pour suggérer beaucoup dans le but d'atténuer un propos.	« Ça manque de sel » souligne poliment que le plat n'est pas bon.	Elle permet d'insinuer, de dédramatiser une vérité difficile à dire.
Euphémisme	Atténuer une réalité difficile, notamment la mort.	« Elle nous a quitté(e)s » est moins brutal que « elle est morte ».	Elle permet d'exprimer moins brutalement une situation difficile.
Question rhétorique	Question dont on n'attend pas de réponse.	- « Pourquoi ça n'arrive qu'à moi ? », - « Tu es fier de toi ? »	Ce n'est pas une vraie question. Elle exprime le reproche, la surprise, l'indignation.

4. Les figures d'opposition

Figure de style	Définition	Exemple	Effet produit
Oxymore	Deux mots côte à côte qui s'opposent.	- « crier doucement », - « penser bruyamment ».	L'oxymore souligne une incohérence, une contradiction.
Ironie	Dire le contraire de ce que l'on pense dans le but de prouver une vérité.	- « Ça te va très bien ! » quand la personne est mal habillée !	Elle exprime de manière détournée une vérité, une critique, une moquerie.
Antithèse	Deux mots ou deux idées qui s'opposent.	« La **pluie** a laissé place au **soleil**. »	Elle souligne une opposition.

DEUXIÈME LEÇON

Les registres

Un registre est l'expression des différentes émotions exprimées par un auteur dans un texte et ressenties par le lecteur.
On peut substituer au mot « registre » le mot « tonalité ».
Un même texte peut comporter plusieurs registres.

Registres	Définition/effet recherché ou produit	Procédés utilisés
Comique	Le texte doit faire rire ou sourire le lecteur.	Jeux de mots, quiproquo, ironie, décalage, etc.
Dramatique	Le texte présente une situation difficile pour les personnages.	Champ lexical de la souffrance.
Tragique	Le texte met en avant le désespoir des personnages qui ne peuvent échapper à leur destin.	Champ lexical de la fatalité, ponctuation forte, insistance.
Pathétique	Le texte émeut et les personnages suscitent la pitié du lecteur.	Vocabulaire de l'émotion, ponctuation forte, apostrophes.
Lyrique	Les personnages expriment des sentiments personnels et intenses.	Hyperboles, anaphores, ponctuation forte.
Polémique	Le texte exprime des idées discutables qui peuvent donner naissance à un débat.	Insistance, opposition, dévalorisation des propos d'autrui.
Satirique	L'auteur se moque d'un personnage, d'une idée, d'un problème de société afin d'en dénoncer l'absurdité.	Exagération, caricature, ironie, allusions, fausse naïveté.
Ironique	L'auteur dit le contraire de ce qu'il pense afin de faire ressortir une vérité, de se moquer ou de mieux critiquer.	Ironie, allusion, sous-entendu.
Didactique	Le texte présente un savoir, des connaissances dans le but d'instruire le lecteur.	Construction et progression logique du propos, utilisation d'exemples.
Réaliste	Le texte donne l'illusion de la réalité.	Précisions spatio-temporelles (époque, lieux), nombreux détails réalistes.
Fantastique	Le texte crée un climat d'angoisse, de peur. Le lecteur hésite entre une interprétation rationnelle ou irrationnelle.	Champ lexical de la peur, marques du doute (questions rhétoriques), de la surprise (phrases nominales).
Burlesque	Un sujet sérieux est traité de manière décalée.	Exagérations, parodie, humour grivois.
Épidictique	Un texte loue ou blâme une personne ou une situation.	Marques de jugement, apostrophes au lecteur, rythme éloquent.

Exercice 4

Les figures de style

La vieille maison

Cette maison tombait en ruine, brisée en mille morceaux. Ce magnifique taudis était désert. Oh maison, que t'est-il arrivé ? Tu as dû beaucoup souffrir ! Cette demeure n'éblouissait plus grand monde ! Les briques tombaient, s'accumulaient, s'écrasaient sur le sol. Elle, autrefois si belle, elle est devenue si laide ! Qui pourrait aujourd'hui vivre dans ces murs ? Dans ce palais !

Anonyme

Nommez les figures de style soulignées et précisez l'effet produit.

1. En mille morceaux : ____________________

2. Magnifique taudis : ____________________

3. Oh maison : ____________________

4. Tu as dû beaucoup souffrir : ____________________

5. Cette demeure : ____________________

6. Cette demeure n'éblouissait plus grand monde ! : ____________________

7. Tombaient, s'accumulaient, s'écrasaient : ____________________

8. Belle/laide : ____________________

9. Si/si : ____________________

10. Qui pourrait aujourd'hui vivre dans ces murs ? : ____________________

11. Dans ces murs : ____________________

12. Dans ce palais ! : ____________________

Exercice 5

Les registres

Identifiez le registre dominant de chacun des textes suivants et justifiez votre réponse.

Texte 1 *:* Molière*, L'avare,* IV, 7 : le monologue d'harpagon, 1668.

HARPAGON - Au voleur ! au voleur ! à l'assassin ! au meurtrier ! Justice, juste Ciel ! je suis perdu, je suis assassiné, on m'a coupé la gorge, on m'a dérobé mon argent. Qui peut-ce être ? Qu'est-il devenu ? Où est-il ? Où se cache-t-il ? Que ferai-je pour le trouver ? Où courir ? Où ne pas courir ? N'est-il point là ? N'est-il point ici ? Qui est-ce ? Arrête. Rends-moi mon argent, coquin... (Il se prend lui-même par le bras.) Ah ! c'est moi. Mon esprit est troublé, et j'ignore où je suis, qui je suis, et ce que je fais. Hélas ! mon pauvre argent, mon pauvre argent, mon cher ami ! on m'a privé de toi.

____

____

____

Texte 2 *:* Molière*, Les Fourberies de Scapin,* 1671.

SCAPIN : Cachez-vous ; voici un spadassin qui vous cherche. (En contrefaisant sa voix) "Quoi ? Jé n'aurai pas l'abantage dé tuer cé Geronte, et quelqu'un par charité né m'enseignera pas où il est ?" (à Géronte avec sa voix ordinaire) Ne branlez pas. (Reprenant son ton contrefait) "Cadédis, jé lé trouberai, sé cachât-il au centre dé la terre," (à Géronte avec son ton naturel) Ne vous montrez pas. (Tout le langage gascon est supposé de celui qu'il contrefait, et le reste de lui) "Oh, l'homme au sac !" Monsieur. "Jé té vaille un louis, et m'enseigne où put être Géronte." Vous cherchez le seigneur Géronte ? "Oui, mordi ! Jé lé cherche." Et pour quelle affaire, Monsieur ? "Pour quelle affaire ?" Oui. "Jé beux, cadédis, lé faire mourir sous les coups de vaton." Oh ! Monsieur, les coups de bâton ne se donnent point à des gens comme lui, et ce n'est pas un homme à être traité de la sorte. "Qui, cé fat dé Geronte, cé maraut, cé velître ?" Le seigneur Géronte, Monsieur, n'est ni fat, ni maraud, ni belître, et vous devriez, s'il vous plaît, parler d'autre façon. "Comment, tu mé traites, à moi, avec cette hautur ?" Je défends, comme je dois, un homme d'honneur qu'on offense. "Est-ce que tu es des amis dé cé Geronte ?" Oui, Monsieur, j'en suis. "Ah ! Cadédis, tu es de ses amis, à la vonne hure." (Il donne plusieurs coups de bâton sur le sac) "Tiens. Boilà cé qué jé té vaille pour lui." Ah, ah, ah ! Ah, Monsieur ! Ah, ah, Monsieur ! Tout beau. Ah, doucement, ah, ah, ah ! "Va, porte-lui cela de ma part. Adiusias." Ah ! diable soit le Gascon ! Ah !
En se plaignant et remuant le dos, comme s'il avait reçu les coups de bâton.

____

____

____

Texte 3 *: Louise Labé, Sonnet,* 1555.

Je vis, je meurs : je me brûle et me noie,
J'ai chaud extrême en endurant froidure ;
La vie m'est et trop molle et trop dure,
J'ai grands ennuis entremêlés de joie.
Tout en un coup je ris et je larmoie,
Et en plaisir maint grief tourment j'endure,
Mon bien s'en va, et à jamais il dure,
Tout en un coup je sèche et je verdoie.
Ainsi Amour inconstamment me mène
Et, quand je pense avoir plus de douleur,
Sans y penser je me trouve hors de peine.
Puis, quand je crois ma joie être certaine,
Et être en haut de mon désiré heur,
Il me remet en mon premier malheur.

Texte 4 *: Voltaire, Candide,* chapitre 19, 1759.

En approchant de la ville, ils rencontrèrent un nègre étendu par terre, n'ayant plus que la moitié de son habit, c'est-à-dire d'un caleçon de toile bleue ; il manquait à ce pauvre homme la jambe gauche et la main droite. « Eh, mon Dieu ! lui dit Candide en hollandais, que fais-tu là, mon ami, dans l'état horrible où je te vois ? - J'attends mon maître, M. Vanderdendur, le fameux négociant, répondit le nègre. - Est-ce M. Vanderdendur, dit Candide, qui t'a traité ainsi ? -- Oui, monsieur, dit le nègre, c'est l'usage. On nous donne un caleçon de toile pour tout vêtement deux fois l'année. Quand nous travaillons aux sucreries, et que la meule nous attrape le doigt, on nous coupe la main ; quand nous voulons nous enfuir, on nous coupe la jambe : je me suis trouvé dans les deux cas. C'est à ce prix que vous mangez du sucre en Europe. Cependant, lorsque ma mère me vendit dix écus patagons sur la côte de Guinée, elle me disait : " Mon cher enfant, bénis nos fétiches, adore-les toujours, ils te feront vivre heureux, tu as l'honneur d'être esclave de nos seigneurs les blancs, et tu fais par là la fortune de ton père et de ta mère. " Hélas ! je ne sais pas si j'ai fait leur fortune, mais ils n'ont pas fait la mienne. Les chiens, les singes et les perroquets sont mille fois moins malheureux que nous. Les fétiches hollandais qui m'ont converti me disent tous les dimanches que nous sommes tous enfants d'Adam, blancs et noirs. Je ne suis pas généalogiste ; mais si ces prêcheurs disent vrai, nous sommes tous cousins issus de germains. Or vous m'avouerez qu'on ne peut pas en user avec ses parents d'une manière plus horrible.

Texte 5 : Voltaire, *Candide,* chapitre 3, 1759.

Rien n'était si beau, si leste, si brillant, si bien ordonné que les deux armées. Les trompettes, les fifres, les hautbois, les tambours, les canons, formaient une harmonie telle qu'il n'y en eut jamais en enfer. Les canons renversèrent d'abord à peu près six mille hommes de chaque côté ; ensuite la mousqueterie ôta du meilleur des mondes environ neuf à dix mille coquins qui en infectaient la surface. La baïonnette fut aussi la raison suffisante de la mort de quelques milliers d'hommes. Le tout pouvait bien se monter à une trentaine de mille âmes. Candide, qui tremblait comme un philosophe, se cacha du mieux qu'il put pendant cette boucherie héroïque.

Texte 6 : Montesquieu, *Lettres Persanes,* 1721.

RICA À RHEDI, À VENISE

Je trouve les caprices de la mode, chez les Français, étonnants. Ils ont oublié comment ils étaient habillés cet été ; ils ignorent encore plus comment ils le seront cet hiver. Mais, surtout, on ne saurait croire combien il en coûte à un mari pour mettre sa femme à la mode.
Que me servirait de te faire une description exacte de leur habillement et de leurs parures ? Une mode nouvelle viendrait détruire tout mon ouvrage, comme celui de leurs ouvriers, et, avant que tu eusses reçu ma lettre, tout serait changé.

Une femme qui quitte Paris pour aller passer six mois à la campagne en revient aussi antique que si elle s'y était oubliée trente ans. Le fils méconnaît le portrait de sa mère, tant l'habit avec lequel elle est peinte lui paraît étranger ; il s'imagine que c'est quelque Américaine qui y est représentée, ou que le peintre a voulu exprimer quelqu'une de ses fantaisies.

De Paris, le 8 de la lune de Saphar, 1717

FRANÇAIS

2de / 1re

5e SÉRIE

PREMIÈRE LEÇON

Cours : Les mouvements littéraires

DEUXIÈME LEÇON

Cours : Les auteurs

PREMIÈRE LEÇON

Les mouvements littéraires

XVIe SIÈCLE

Mouvement littéraire	L'HUMANISME	LA PLÉIADE
Dates	1530-1580	1540-1560
Principes, caractéristiques et thèmes	- L'homme est au centre des préoccupations. Il doit se connaître lui-même et connaître le monde. - L'instruction doit être complète et diversifiée. -Équilibre du corps et de l'esprit.	- Enrichir la langue française. - Renouveler la poésie en s'inspirant des auteurs antiques et italiens (l'innutrition). - Idéalisation de la femme aimée qui est célébrée, idéale et inaccessible.
Contexte politique et social	Renaissance (1515-1547) : - développement de l'imprimerie, - premiers voyages (découverte du nouveau monde), - découvertes scientifiques (Galilée, Copernic).	Renaissance : - période de paix, - les artistes sont protégés, - grande importance accordée aux beaux-arts, à l'architecture.
Genres concernés	Romans, essais	Poésie (notamment le sonnet)
Principaux auteurs	Rabelais, Montaigne, Érasme	Ronsard, Du Bellay
Beaux-arts et musique	Bosch, Vinci, Chapelle Sixtine	Goujon, Clouet, Titien, École de Fontainebleau.
Citation	- « Je vois en toi un abîme de science » (Rabelais, *Gargantua*). - « Je suis moi-même la matière de mon livre » (Montaigne, *Essais*).	- « Cueillez dès à présent les roses de la vie » (Ronsard).

Le XVIIe SIÈCLE

Mouvement littéraire	BAROQUE	PRÉCIOSITÉ	BURLESQUE ET LIBERTINAGE	CLASSICISME
Dates	1610-1640	1625-1648	1620-1660	1661-1685
Principes, caractéristiques et thèmes	- « baroco » : perle irrégulière, - instabilité, irrégularité, - goût pour le macabre, l'horreur, - omniprésence de la mort, de la fuite du temps, - importance de l'illusion, du travestissement.	- réunion d'aristocrates dans des salons, - art de briller en société, - raffinement, bonnes manières, politesse, élégance du langage, raffinement outrancier.	- réaction au romanesque, - parodie, - individualisme, scepticisme.	- régularité, - clarté, - respect des règles, - vraisemblance, - bienséance.
Contexte politique et social	- fin des guerres de religion, - assassinat d'Henri IV, - période troublée, instable, nombreux problèmes économiques.	- Ministère de Richelieu, Régence : la noblesse range les armes, - 1626 : interdiction des duels, - 1635 : création de l'Académie française.	- grandes découvertes, - progrès de l'astronomie, de la science, - méfiance envers les croyances religieuses.	- règne de Louis XIV, le Roi Soleil, - éclat de Versailles, - encouragement de la vie intellectuelle et artistique.
Genres concernés	Poésie, théâtre	Genres mondains (blason, bouts rimés, portraits...), romans fleuves (*L'Astrée*)	Roman, poésie, théâtre	Théâtre, poésie, roman, genres mondains (oraison, portrait)
Principaux auteurs	Sponde, Hardy, Chassignet	Urfé, Mlle de Scudéry, Voiture, Mme de Rambouillet	Scarron, Furetière, De Bergerac, Viau, Sorrel	Molière, Racine, Corneille, La Fontaine, La Fayette, Bossuet, La Rochefoucauld, Boileau, La Bruyère
Beaux-arts et musique	Le Bernin, Monteverdi, Rubens, La Tour		Ribera, Murillo, Zurbaran	Poussin, Purcell, Lully, Bach
Citation				« Ce qui se conçoit bien s'énonce clairement. » Boileau

Le XVIIIe SIÈCLE

Mouvements littéraires	**LES LUMIÈRES**	**DRAME BOURGEOIS**
Dates	1720-1770	1730-1780
Caractéristiques et thèmes	- littérature d'idées : les écrivains sont engagés, - création de *L'encyclopédie*, - vulgarisation des connaissances, - remise en question des préjugés, des superstitions, du pouvoir, de la religion, - critique des injustices (guerres, esclavage...), - recherche du bonheur.	- l'intrigue met en place, derrière la comédie, un débat d'idées, - travestissements pour vérifier la sincérité, jeu sur le langage (Marivaux), - comédie et préoccupation morale sont mélangées (Beaumarchais).
Contexte politique et social	- contestation de la monarchie absolue, - admiration du système politique anglais (séparation des pouvoirs), - progrès de la science, - multiplication des voyages.	Règne de Louis XV : stabilité économique, mais contestation progressive de la monarchie absolue qui mène à la Révolution.
Auteurs représentatifs	Montesquieu, Diderot, Voltaire, Rousseau	Marivaux, Beaumarchais
Genres concernés	Roman, conte, apologue	Théâtre
Beaux-arts, musique	Bach, Vivaldi, Scarlatti, Rameau	Falconet, Lemoyne, Fragonard, David
Citation	« Le but d'une encyclopédie est de rassembler les connaissances éparses sur la surface de la terre ; d'en exposer le système général aux hommes avec qui nous vivons, et de les transmettre aux hommes qui viendront après nous. » (Diderot)	« Le théâtre est une tribune qui blesse tout ce qu'il touche. » (Beaumarchais)

Le XIXe SIÈCLE

Mouvement littéraire	LE ROMANTISME	LE RÉALISME	LE NATURALISME	LE SYMBOLISME
Dates	1820- 1840	1830-1860	1870-1890	1870-1890
Principes, caractéristiques et thèmes	- expression du « je » : les états d'âme de l'individu, - expression du mal de vivre, de la mélancolie, de la solitude, - refuge de l'homme dans la nature.	- imitation du réel (descriptions détalllées, noms de rue...), - description de la société parisienne (critique de l'hypocrisie, de l'arrivisme, de l'argent corrupteur).	- étude de l'hérédité : le milieu conditionne l'individu, - le roman est un laboratoire, l'écrivain un scientifique, l'histoire une expérience, - décrire le milieu ouvrier permet des revendications sociales.	- importance accordée à la suggestion et non à la représentation, - le poésie est nourrie d'images et de métaphores qu'il faut deviner, - la poésie est une œuvre d'art, sans but utilitaire, - la poésie est musicale.
Contexte politique et social	Restauration : - période d'ennui et d'hypocrisie, - après la défaite de Napoléon en 1815, la jeunesse n'a plus d'idole, ni d'idéaux.	Monarchie de Juillet : - période marquée par le matérialisme et le profit, - début de la révolution industrielle.	IIIe République : - début des réformes sociales (école gratuite et obligatoire...), - liberté de la presse, - période plus libérale.	IIIe République : - esprit révolutionnaire : la Commune, - décadence : la fin du siècle est vue comme un désenchantement.
Genres concernés	Roman, théâtre, poésie	Roman, nouvelles	Roman	Poésie
Auteurs représentatifs	Hugo, Lamartine, Musset, Vigny	Balzac, Stendhal, Flaubert, Maupassant	Zola, les frères Goncourt	Baudelaire, Rimbaud, Verlaine, Mallarmé
Beaux-arts et musique	Delacroix, Chopin, Schumann	Courbet, Daumier, Verdi, Chopin, Schumann, Berlioz	Manet, Cézanne, Brahms, Wagner	Van Gogh, Monet, Rodin
Citation	« Je suis venu trop tard dans un monde trop vieux. » (Musset)	« Le roman est un miroir qui se promène sur une grande route. » (Stendhal)	« C'est une œuvre de vérité, le premier roman sur le peuple, qui ne mente pas et qui ait l'odeur du peuple. » (Zola)	- « De la musique avant toute chose. » (Verlaine) - « J'ai seul la clef de cette parade sauvage. » (Rimbaud)

Le XXe SIÈCLE

Mouvement littéraire	LE SURRÉALISME	L'EXISTENTIALISME	L'ABSURDE	LE NOUVEAU ROMAN
Dates	1920-1930	1937-1950	1950-1960	1950-1960
Caractéristiques et thèmes	- illogisme, - importance de l'inconscient et du rêve.	- littérature d'idées, - réflexion sur la condition humaine, - sentiment d'absurdité de l'existence.	- anti-théâtre, - intrigue minimaliste, - personnages qui parlent pour ne rien dire, - expression d'une angoisse.	- disparition du personnage, - critique des formes classiques du roman.
Contexte politique et social	- fin de la première guerre mondiale, - sentiment d'absurdité devant les horreurs.	- montée progressive du fascisme	- fin de la deuxième guerre mondiale, - horreur devant les atrocités commises.	Climat de désenchantement
Auteurs représentatifs	Breton, Desnos	Sartre, Camus, De Beauvoir	Ionesco, Beckett	Butor, Robbe-Grillet, Sarraute
Genres concernés	Poésie	Roman, théâtre	Théâtre	Roman
Beaux-arts et musique		Guernica (Picasso)	Art brut (Dubuffet), Boulez, Cage	Dali
Citation	« Le merveilleux est toujours beau, il n'y a même que le merveilleux qui soit beau. » (Breton)	« Parler, c'est agir » (Sartre)	« J'ai intitulé mes comédies drames comiques, et mes drames farces tragiques car le comique est tragique et la tragédie de l'homme dérisoire. » (Ionesco)	Le roman devient « l'aventure d'une écriture » et non plus l'inverse (Jean Ricardou).

DEUXIÈME LEÇON

Les auteurs

Le XVIe siècle

Auteurs	Principales caractéristiques	Œuvres
Rabelais	Auteur humaniste, il invite le lecteur à dépasser le simple rire de ses œuvres pour construire une réflexion, notamment sur l'éducation.	*Gargantua, Pantagruel*
Ronsard	Poète de la Pléiade, il célèbre dans des sonnets différentes femmes, toutes parfaites, idéalisées et inaccessibles.	*Odes, Amours, Sonnets pour Hélène*
Du Bellay	Sa poésie exprime la nostalgie de sa terre natale et déplore le déclin de Rome.	*Les regrets*
Montaigne	En racontant son existence dans ses *Essais*, Montaigne compose une réflexion sur l'homme, la vie, le monde.	*Essais*

Le XVIIe siècle

Auteurs	Principales caractéristiques	Œuvres
Molière	Les comédies de Molière ne font pas seulement rire : elles dénoncent les défauts des hommes et critiquent la cour du Roi.	*L'avare, le Misanthrope*
Corneille	Dramaturge classique aux tendances baroques.	*Le Cid, L'Illusion Comique*
Racine	Ses tragédies, inspirées par la mythologie antique, exhibent les passions destructrices de l'amour et du pouvoir.	*Andromaque, Phèdre*
La Fontaine	Le fabuliste dénonce dans ses fables les défauts des hommes, représentés par des animaux.	*Fables*

Le XVIIIe siècle

Auteurs	Principales caractéristiques	Œuvres
Montesquieu	Montesquieu ironise sur les préjugés des Parisiens tout en réfléchissant au meilleur régime politique possible.	*Lettres Persanes, De l'Esprit des lois*
Diderot	L'œuvre de Diderot souligne une pensée jamais figée, où le dialogue permet à différentes idées de se confronter.	*Le Neveu de Rameau, Jacques le Fataliste*
Voltaire	Ce philosophe des Lumières critique tour à tour la guerre, les fanatismes religieux, l'esclavage.	*Candide*
Rousseau	En conflit avec Voltaire, ce philosophe pense que l'homme ne peut être heureux que dans la nature.	*Les Confessions*
Marivaux	Marivaux crée des pièces où les personnages se travestissent pour tester la sincérité d'autrui, et où le langage (« le marivaudage ») est primordial.	*Le Jeu de L'amour et du hasard, L'Île des esclaves*
Beaumarchais	Ses pièces mélangent le rire, la musique, la joie mais critiquent également les privilèges de la noblesse.	*Le Mariage de Figaro, Le Barbier de Séville*

Le XIXe siècle

Auteurs	Principales caractéristiques	Œuvres
Chateaubriand	Il s'isole à la fin de sa vie pour écrire ses mémoires, témoignage impressionnant d'une époque marquée par la Révolution et Napoléon.	*Mémoires d'outre-tombe*
Lamartine	Il écrit une poésie mélancolique, où l'homme se retrouve seul et malheureux.	*Méditation poétiques*
Hugo	Romancier, poète, dramaturge, homme politique, il est resté l'écrivain français le plus populaire.	*Les Misérables, Notre-Dame de Paris...*
Vigny	Il crée la figure du poète incompris, martyrisé par les hommes.	*Chatterton, Poèmes antiques et modernes*
Musset	Son œuvre exprime l'impossibilité du bonheur pour l'homme.	*Confession d'un enfant du siècle*
Balzac	Ce romancier réaliste décrit minutieusement la société parisienne marquée par l'argent corrupteur et l'arrivisme.	*La Comédie humaine*
Stendhal	Il crée le personnage mythique de Julien Sorel, figure du héros romantique, ambitieux, incompris, au destin fabuleux et tragique.	*Le Rouge et le Noir, La Chartreuse de Parme*
Flaubert	Amoureux du style (il hurlait ses textes !), n'écrivant que d'après une abondante documentation, il décrit des personnages déçus par la réalité.	*Madame Bovary, L'Éducation sentimentale*
Maupassant	Maupassant exprime dans ses nouvelles un profond pessimisme envers les hommes, perdus dans leurs préjugés et leur cruauté.	*Boule de suif, Le Horla*
Zola	Chef de fil du mouvement naturaliste, Zola décrit et dénonce les conditions de vie des ouvriers.	*Les Rougon-Macquart*
Baudelaire	Baudelaire donne un caractère nouveau à la poésie par des images nouvelles, des correspondances entre les sens et s'impose en précurseur de la modernité poétique.	*Les Fleurs du mal*
Rimbaud	Adolescent révolté et précoce, Rimbaud écrit une poésie marquée par l'illogisme.	*Illuminations, Une saison en Enfer*
Verlaine	La poésie de Verlaine se veut « de la musique avant toute chose », une poésie harmonieuse et musicale.	*Sagesse*
Mallarmé	Sa recherche de l'absolu le pousse à écrire des poèmes très recherchés, souvent hermétiques, où le langage prime.	*Sonnet en YX*

Le XXe siècle

Auteurs	Principales caractéristiques	Œuvres
Apollinaire	Ce poète joue sur la typographie et la disposition des mots et invente le calligramme.	*Alcools*
Proust	Il est l'auteur d'une œuvre unique, composée de six romans, qui cherche à ressusciter le passé par l'évocation de souvenirs, souvent déchiffrés.	*À la recherche du temps perdu*
Céline	Il est l'inventeur de l'intrusion du langage parlé et de l'argot dans le roman.	*Voyage au bout de la nuit*
Camus	Il souligne l'absurdité de la condition humaine.	*L'Étranger*
Sartre	Fondateur du mouvement existentialiste, il souligne l'absurdité de l'existence.	*La Nausée, Huis Clos*
Ionesco	Il crée un théâtre qualifié d'absurde, marqué par le non-sens et le mélange du comique et du tragique.	*La Cantatrice chauve, Rhinocéros*
Beckett	Il met en scène un théâtre pessimiste où la vie n'a pas de sens et où les personnages n'ont rien à dire.	*En attendant Godot*

Exercice 6

Les mouvements littéraires

Complétez ce texte avec les mots suivants :

- **Auteurs :** Balzac, Breton, Diderot, Montaigne, Rabelais, Rousseau, Zola.

- **Courants :** Absurde, Classicisme, Lumières, Pléiade, Réalisme, Surréalisme, Symbolisme.

- **Œuvre, genre et fonction littéraire :** dramaturqe, encyclopédie, philosophe, poète, sonnet, tragédie.

- **Vocabulaire :** amour, censure, descriptions, éducation, guerres de religion, mal de vivre, mort, nature, ouvriers, respect des règles, travestissement.

N.B. Un mot ne sert qu'une fois !

Le mouvement humaniste a comme priorité ____________________la plus complète et diversifiée. Les principaux représentants sont ________________ et____________________ .

Du Bellay et Ronsard sont deux_____________appartenant au mouvement de la ___________dont les œuvres célèbrent _____________. Le poème le plus utilisé est le __________.

Les thèmes principaux du baroque sont la _____________ et le_____________ . Ce mouvement est né au moment des_________________.

Molière est un____________ appartenant au__________________ . Le _____________ est primordial dans ce mouvement. Racine et Corneille écrivent des________________.

Le grand mouvement du XVIIIe siècle est celui des ____________ . Les___________________ importants sont Voltaire, __________ et __________. Leur grande œuvre commune est ________.

Leur grand ennemi fut la _______________.

Le _____________est un des grands thèmes du romantisme. Le héros romantique trouve refuge dans _____________.

Le ________________est un courant littéraire qui consiste à donner l'impression du réel. Les auteurs font beaucoup de_________________. Le principal représentant est _________________.

Le naturalisme décrit les conditions de vie des ______________. ___________________est un auteur naturaliste.

Rimbaud et Verlaine sont des poètes _____________________ .

Un poème dénué de sens logique est un poème ______________ . Le principal représentant est _________________.

Après la deuxième guerre mondiale, apparaît le théâtre de ________________.

FRANÇAIS

2de / 1re

6e SÉRIE

PREMIÈRE LEÇON

Cours : Les discours

DEUXIÈME LEÇON

Cours : L'argumentation

PREMIÈRE LEÇON

Les discours

1. Les types de discours

Il existe quatre types de discours. Un même texte peut combiner plusieurs types de discours.

Le discours narratif	Il raconte la succession de différents événements.
Le discours descriptif	Il a comme objectif de décrire des lieux, des objets ou des personnes.
Le discours explicatif	Il permet d'expliquer et cherche à faire comprendre une information.
Le discours argumentatif	Il cherche à convaincre autrui et à le faire changer d'opinion.

2. Les différentes focalisations et types de narrateurs

Le narrateur d'un texte narratif ou descriptif peut raconter une histoire selon trois points de vue différents :

Focalisation interne	**Narrateur interne**	Le texte est raconté selon le regard d'un personnage. Le lecteur découvre les événements en même temps que lui. Aucune information supplémentaire n'est donnée au lecteur, ni sur les pensées du personnage, ni sur la suite de l'histoire.
Focalisation externe	**Narrateur externe**	Le narrateur est un témoin objectif de l'histoire. Il peut faire partie ou non de l'intrigue, mais il ne raconte que ce qu'il voit ou entend sans pouvoir émettre de jugement ou de commentaire.
Focalisation zéro	**Narrateur omniscient**	L'histoire est racontée par un narrateur qui connaît tout des pensées des personnages, de l'intrigue, du dénouement. Il en sait plus que les personnages.

3. L'ordre d'un récit

Un récit peut être raconté chronologiquement, mais pas uniquement :

Le retour en arrière	Le narrateur explique un événement passé qui aide à comprendre la situation présente.
L'anticipation	Le narrateur annonce au futur ou au conditionnel la suite du récit.

4. Le rythme d'un récit

Le narrateur peut choisir d'accélérer le rythme d'un récit (en passant des événements sous silence) ou de le ralentir (en racontant longuement une scène).

a) Le ralentissement :

La pause	Le narrateur interrompt son récit par une description, un portrait ou des commentaires.
La scène	Le narrateur s'attarde sur une action qu'il détaille davantage.

b) L'accélération :

L'ellipse narrative	Le narrateur passe sous silence différents événements.
Le sommaire	Le narrateur résume brièvement une ou plusieurs actions assez longues.

5. Les paroles rapportées

Dans un discours, les paroles peuvent être rapportées directement ou indirectement.

Discours direct	- Les paroles sont rapportées telles qu'elles ont été prononcées. - On utilise des guillemets et des verbes de parole.	Paul précise à Fanny : « Il est l'heure de dîner ! »
Discours indirect	- Les paroles sont résumées à l'intérieur d'une proposition subordonnée. - Il n'y a pas de guillemets.	Paul précise à Fanny qu'il est l'heure de dîner.
Discours indirect libre	- C'est du discours indirect sans verbe introducteur, ni guillemets. Les paroles sont reproduites à l'identique mais intégrées à la narration. - La voix du personnage et celle du narrateur sont mêlées.	Il est 20 heures ; il est temps d'aller dîner maintenant !
Discours narrativisé	Le contenu des paroles est passé sous silence car jugé peu important ou trop long.	Au dîner, Paul précisa à Fanny la date de son départ pour Paris.

DEUXIÈME LEÇON

L'argumentation

Qu'est-ce qu'argumenter ?

Argumenter, c'est chercher à faire adhérer une personne à un point de vue, à la faire changer d'avis, en utilisant pour cela des arguments illustrés par des exemples.

1. Thème et thèse

Thème	Il s'agit du sujet évoqué, exprimé et débattu.
Thèse	Il s'agit de l'opinion soutenue sur un thème.

2. Argument et exemple

Argument	Preuve donnée pour soutenir une thèse. Sans argument, on ne peut défendre une thèse.
Exemple	Un argument a besoin d'être illustré par des exemples précis.

3. Les différents types d'argumentation

Convaincre	Réussir à faire changer d'opinion un individu en utilisant des arguments.
Persuader	Réussir à faire changer d'opinion un individu en faisant appel à des sentiments.
Délibérer	Examiner et confronter les différents aspects d'une question.
Démontrer	Exposer un point de vue indiscutable car basé sur une démonstration scientifique.

4. Les types de raisonnements

Raisonnement déductif	Partir d'une vérité pour en tirer des conséquences.
Raisonnement inductif	Partir d'un cas particulier pour dégager une vérité générale.

5. L'argumentation directe et indirecte

L'argumentation directe	Exposer directement et clairement une thèse.
L'argumentation indirecte	Défendre une idée par des moyens détournés.

6. Les différents genres argumentatifs

a) L'argumentation directe

Pamphlet	Texte dont la visée est de critiquer ouvertement et violemment une situation.	*Napoléon le Petit* (Hugo)
Lettre ouverte	Lettre adressée publiquement à un individu et qui expose un problème.	*J'accuse... !* (Zola)
Essai	Texte dont la visée est de conduire une réflexion sur la nature humaine.	*Les Essais* (Montaigne)
Discours	Texte engagé adressé à un auditoire ou à un lectorat.	*De L'Esprit des Lois*, sur l'esclavage (Montesquieu)

b) Argumentation indirecte

Apologue	Court récit à visée didactique.	*L'Ingénu* (Voltaire)
Fable	Courte histoire se terminant par une morale.	*Les Fables* (La Fontaine)
Conte	Histoire fictive cachant une critique et une réflexion sous des aventures plaisantes.	*Candide* (Voltaire)
Satire	Histoire tournant en ridicule les travers d'une société ou d'une personne.	*Les Lettres persanes* (Montesquieu)
Utopie	Histoire fictive présentant une société parfaite dans le but de critiquer la société actuelle.	*Utopia* (Thomas More)

Exercice 7

Les types de narrateurs

Texte 1 : *Les Misérables*, Victor Hugo, 1862.

Cet extrait présente la première apparition dans le roman de Jean Valjean qui vient de sortir de prison.

Dans les premiers jours du mois d'octobre 1815, une heure environ avant le coucher du soleil, un homme qui voyageait à pied entrait dans la petite ville de Digne. Les rares habitants qui se trouvaient en ce moment à leurs fenêtres ou sur le seuil de leurs maisons regardaient ce voyageur avec une sorte d'inquiétude. Il était difficile de rencontrer un passant d'un aspect plus misérable. C'était un homme de moyenne taille, trapu et robuste, dans la force de l'âge. Il pouvait avoir quarante-six ou quarante-huit ans. Une casquette à visière de cuir rabattue cachait en partie son visage brûlé par le soleil et le hâle et ruisselant de sueur. Sa chemise de grosse toile jaune, rattachée au col par une petite ancre d'argent, laissait voir sa poitrine velue ; il avait une cravate tordue en corde, un pantalon de coutil bleu, usé et râpé, blanc à un genou, troué à l'autre, une vieille blouse grise en haillons, rapiécée à l'un des coudes d'un morceau de drap vert cousu avec de la ficelle, sur le dos un sac de soldat fort plein, bien bouclé et tout neuf, à la main un énorme bâton noueux, les pieds sans bas dans des souliers ferrés, la tête tondue et la barbe longue.

Texte 2 : *L'Éducation sentimentale*, Flaubert, 1869.

Frédéric rencontre sur un bateau pour la première fois Madame Arnoux dont il va tomber amoureux.

Ce fut comme une apparition :
Elle était assise, au milieu du banc, toute seule ; ou du moins il ne distingua personne, dans l'éblouissement que lui envoyèrent ses yeux. En même temps qu'il passait, elle leva la tête ; il fléchit involontairement les épaules ; et, quand il se fut mis plus loin, du même côté, il la regarda.

Elle avait un large chapeau de paille, avec des rubans roses qui palpitaient au vent derrière elle. Ses bandeaux noirs, contournant la pointe de ses grands sourcils, descendaient très bas et semblaient presser amoureusement l'ovale de sa figure. Sa robe de mousseline claire, tachetée de petits pois, se répandait à plis nombreux. Elle était en train de broder quelque chose ; et son nez droit, son menton, toute sa personne se découpait sur le fond de l'air bleu.

Comme elle gardait la même attitude, il fit plusieurs tours de droite et de gauche pour dissimuler sa manœuvre ; puis il se planta tout près de son ombrelle, posée contre le banc, et il affectait d'observer une chaloupe sur la rivière.

Jamais il n'avait vu cette splendeur de sa peau brune, la séduction de sa taille, ni cette finesse des doigts que la lumière traversait. Il considérait son panier à ouvrage avec ébahissement, comme une chose extraordinaire. Quels étaient son nom, sa demeure, sa vie, son passé ? Il souhaitait connaître les meubles de sa chambre, toutes les robes qu'elle avait portées, les gens qu'elle fréquentait ; et le désir de la possession physique même disparaissait sous une envie plus profonde, dans une curiosité douloureuse qui n'avait pas de limites.

Questions :

a) Dans le texte 1, quelles précisions donne le narrateur sur l'apparence de Jean Valjean ? Comment peut-on qualifier cette description ? Qu'en concluez-vous sur le point de vue du narrateur ?

b) Dans le texte 2, à travers quel regard est faite la description de Madame Arnoux ? Cette description vous paraît-elle totalement fidèle à la réalité ? Qu'en concluez-vous sur le point de vue du narrateur ?

Exercice 8

L'argumentation

Texte 1 : *Napoléon le Petit,* Victor Hugo, 1852.

Victor Hugo critique Napoléon III qui a pris le pouvoir par la force le 8 décembre 1851.

Que peut-il ? Tout. Qu'a-t-il fait ? Rien.
Avec cette pleine puissance,
en huit mois un homme de génie eût changé la face de la France,
de l'Europe peut-être.
Seulement voilà, il a pris la France et n'en sait rien faire.
Dieu sait pourtant que le Président se démène :
il fait rage, il touche à tout, il court après les projets ;
ne pouvant créer, il décrète ; il cherche à donner le change sur sa nullité ;
c'est le mouvement perpétuel ; mais, hélas ! Cette roue tourne à vide.

L'homme qui, après sa prise du pouvoir a épousé une princesse étrangère,
est un carriériste avantageux.
Il aime la gloriole, les paillettes, les grands mots, ce qui sonne, ce qui
brille, toutes les verroteries du pouvoir. Il a pour lui l'argent,
l'agio, la banque, la Bourse, le coffre-fort.

Il a des caprices, il faut qu'il les satisfasse.
Quand on mesure l'homme et qu'on le trouve si petit
et qu'ensuite on mesure le succès et qu'on le trouve énorme,
il est impossible que l'esprit n'éprouve pas quelque surprise

On y ajoutera le cynisme car, la France, il la foule aux pieds,
lui rit au nez, la brave, la nie, l'insulte et la bafoue !
Triste spectacle que celui du galop, à travers l'absurde,
d'un homme médiocre échappé.

Texte 2 : *Le dernier jour d'un condamné*, Victor Hugo, 1829.

Victor Hugo donne la parole à un condamné à mort.

XXXIX

Ils disent que ce n'est rien, qu'on ne souffre pas, que c'est une fin douce, que la mort de cette façon est bien simplifiée. Eh ! Qu'est-ce donc que cette agonie de six semaines et ce râle de tout un jour ? Qu'est-ce que les angoisses de cette journée irréparable, qui s'écoule si lentement et si vite ? Qu'est-ce que cette échelle de tortures qui aboutit à l'échafaud ? Apparemment ce n'est pas là souffrir. Ne sont-ce pas les mêmes convulsions, que le sang s'épuise goutte à goutte, ou que l'intelligence s'éteigne pensée à pensée ? Et puis, on ne souffre pas, en sont-ils sûrs ? Qui le leur a dit ? Conte-t-on que jamais une tête coupée se soit dressée sanglante au bord du panier, et qu'elle ait crié au peuple : Cela ne fait pas de mal !

Y a-t-il des morts de leur façon qui soient venus les remercier et leur dire : C'est bien inventé. Tenez-vous-en là. La mécanique est bonne. Est-ce Robespierre ? Est-ce Louis XVI ?... Non, rien ! moins qu'une minute, moins qu'une seconde, et la chose est faite.

- Se sont-ils jamais mis, seulement en pensée, à la place de celui qui est là, au moment où le lourd tranchant qui tombe mord la chair, rompt les nerfs, brise les vertèbres... Mais quoi ! une demi-seconde ! La douleur est escamotée... Horreur !

Questions :

a) Quel est le genre littéraire de ces deux textes ?

____

____

____

____

b) Quel est le thème de ces deux textes ? Quelle est la thèse ?

____

____

____

____

c) Que critique Hugo dans ces deux textes ?

d) De quelle façon Hugo fait-il passer ses idées ?

e) Quels sont les arguments donnés par Hugo ?

f) Quel est le registre dominant ?

g) Précisez quel texte constitue une argumentation directe et quel texte une argumentation indirecte ?

FRANÇAIS

2de / 1re

7e SÉRIE

PREMIÈRE LEÇON

Cours : Les genres littéraires

DEUXIÈME LEÇON

Cours : La valeur des temps

PREMIÈRE LEÇON

Les genres littéraires

I - Les différents types de romans

Types de romans	Définition	Exemple
Roman d'aventure	Le héros vit de nombreuses aventures, souvent invraisemblables.	*L'Astrée* (D'Urfé)
Roman chevaleresque	Il raconte les exploits des chevaliers.	Le Roi Arthur
Roman picaresque	Il raconte les aventures d'un jeune héros innocent.	*Don Quichotte* (Cervantès)
Roman historique	Il se situe dans une époque passée historique et mêle des personnages et intrigues fictives à des événements qui se sont vraiment produits.	*Les Trois Mousquetaires* (Dumas)
Roman d'analyse (ou psychologique)	Il analyse la conscience des personnages et les raisons qui les poussent à se comporter d'une certaine façon.	*La Princesse de Clèves* (La Fayette)
Roman épistolaire	Il est composé de lettres.	*Les Lettres persanes* (Montesquieu)
Roman de mœurs	Il décrit les différents milieux de la société.	*La Comédie humaine* (Balzac)
Roman d'apprentissage	Il décrit la formation et l'évolution de la personnalité d'un personnage.	*Le Rouge et le Noir* (Stendhal)
Roman fantastique	Il décrit une histoire qui laisse le lecteur dans le doute : a-t-il assisté à des événements extraordinaires ou le narrateur a-t-il sombré dans la folie ?	*Le Horla* (Maupassant)
Roman d'anticipation	L'action se déroule dans un futur proche et nous montre les conséquences du progrès.	*20 000 lieues sous les mers* (Jules Verne)
Roman policier	Il présente des énigmes à résoudre et des vols commis.	*Arsène Lupin* (Maurice Leblanc)
Roman de science-fiction	Des événements extraordinaires sont racontés, se passant dans un futur hypothétique ou sur une autre planète.	*La Nuit des temps* (Barjavel)
L'utopie/la dystopie	Il présente une société future parfaite ou au contraire une société qui a mal évolué et aliène l'homme.	*1984* (Orwell)
Roman autobiographique	Il raconte une histoire largement inspirée de la vie de l'auteur.	*L'Enfant* (Vallès)
Roman à thèse	Il fait réfléchir le lecteur et dénonce une situation intolérable.	*La Nausée* (Sartre)

II – Le théâtre

1. Le vocabulaire du genre théâtral

Didascalie	Indications scéniques *(en italique)* destinées au metteur en scène et aux comédiens
Réplique	Paroles prononcées par les personnages dans un dialogue
Tirade	Longue réplique
Monologue	Un personnage parle seul pendant un assez long moment et nous renseigne sur ses sentiments et ses intentions
Aparté	Un personnage prononce des mots que les spectateurs entendent mais pas les autres personnages (comme une pensée)
Stichomythies	Querelle verbale entre deux personnages
Double énonciation	Un personnage parle aux autres acteurs et aux spectateurs en même temps
Acte	Une pièce est divisée en différents actes qui correspondent chacun à un moment fort de la pièce
Scène	Un acte est divisé en plusieurs scènes qui correspondent chacune à l'arrivée d'un personnage
Dramaturge	Auteur de pièce de théâtre
Scène d'exposition	Première scène d'une pièce qui nous renseigne sur les personnages, le lieu, l'action
Nœud	Le moment où un problème se pose et où l'action devient plus intense
Péripétie	Ce sont les différentes actions que vont accomplir les personnages pour trouver une solution au problème posé
Coup de théâtre	Événement inattendu et surprenant qui modifie brutalement le cours de l'intrigue
Dénouement	Fin de la pièce : l'intrigue est terminée et les personnages sont fixés sur leur sort
Catharsis	En assistant à la représentation de passions violentes sur scène, le spectateur se libère de sa propre violence qu'il n'exprimera donc pas dans son quotidien
Mise en abyme	Procédé qui consiste à représenter une pièce de théâtre pendant une pièce de théâtre

2. Les règles du théâtre classique

Les dramaturges classiques du XVIe siècle (Racine, Corneille, Molière...) étaient tenus de respecter certaines règles précises. Pour s'en être écarté, Corneille choqua et fut victime de la célèbre querelle du Cid.

La vraisemblance	L'intrigue d'une pièce doit paraître crédible dans l'esprit des spectateurs de l'époque. Il ne s'agit pas de raconter une histoire vraie, ni même de donner l'impression de la réalité ; il faut juste que les spectateurs puissent y croire.
La bienséance	Tout ce qui peut choquer les spectateurs est interdit sur scène : duel, mort, sexualité. Quand un personnage meurt assassiné dans d'atroces souffrances, on ne le montre pas, on raconte la scène.
Règle des trois unités	**a) unité de temps** L'intrigue doit se dérouler en une seule journée. **b) unité de lieu** L'intrigue doit se dérouler en un lieu unique. **c) unité d'action** L'intrigue doit être construite autour d'une histoire dominante.

3. Les différents types de comique au théâtre

Comique de mots	Faire rire par le vocabulaire employé.	Jeux de mots, jurons, patois, contresens, répétitions excessives.
Comique de gestes	Faire rire par des gestes particuliers, souvent répétés.	Coups de bâton, poursuite, chute, soufflet.
Comique de situation	Faire rire par une situation sortant de l'ordinaire.	Quiproquo, malentendu, situation embarrassante.
Comique de caractère	Faire rire par un personnage caricatural possédant un défaut poussé à l'extrême.	L'avarice, la flatterie, l'insolence, le cynisme, la naïveté, etc.
Comique de répétition	Faire rire en répétant un même mot, un même geste.	« Qu'allait-il faire dans cette galère ? » (*Les Fourberies de Scapin*)

4. Les différents types de pièces

Types de pièce	Définition	Époque	Exemples
Mystères	Mise en scène de légendes notamment inspirées par le Christ.	Moyen Âge	Mercadé, Gréban
Farce	Pièce destinée à faire rire avec des effets faciles et des personnages caricaturaux.	Moyen Âge	*La farce de Maître Pathelin*
Tragédie	Drame inspiré de récits mythologiques avec comme personnages des rois.	XVIIe siècle	Les tragédies de Racine (*Britannicus, Andromaque*...)
Comédie	Pièce destinée à faire rire.	XVIIe siècle	Les comédies de Molière
Comédie-ballet	Pièce qui mélange musique et danse et relate la vie quotidienne des gens.	XVIIe siècle	*Le Bourgeois gentilhomme, Le Médecin malgré lui* (Molière)
Pièce à machines	Pièce marquée par les changements de décors et par une machinerie importante.	XVIIe siècle	*Tartuffe* (Molière)
Comédie d'intrigue	Intéresser et amuser le spectateur par l'abondance et la diversité des actions.	XVIIe et XVIIIe siècle	*Les Fourberies de Scapin* (Molière), *Le Mariage de Figaro* (Beaumarchais)
Tragi-comédie	Pièce qui mélange des éléments tragiques et comiques.	XVIe et XVIIe siècle	Molière
Drame bourgeois	Les héros sont des bourgeois et l'intrigue met en scène des problèmes liés à la vie familiale, quotidienne et sociale.	XVIIIe siècle	Beaumarchais, Marivaux
Drame romantique	Les pièces mélangent les genres et les registres, passant « du sublime au grotesque ».	XIXe siècle	*Ruy Blas* (Hugo), *Lorenzaccio* (Musset), *Chatterton* (Vigny)
Théâtre de boulevard, Vaudeville	Comédie destinée à faire rire les spectateurs par des situations souvent stéréotypées (mari cocu, etc.).	XXe siècle	Feydeau, Labiche
Théâtre engagé	Théâtre d'idées qui développe une réflexion sur l'existence.	XXe siècle	Sartre, Camus
Théâtre de l'absurde	Il exprime, après la deuxième guerre mondiale, le sentiment de l'absurdité de l'existence.	XXe siècle	Ionesco, Beckett

III - La poésie

1. Les fondamentaux

Un vers	Suite de mots formant une ligne.
Une strophe	Groupe de vers détachés par un blanc.
Une rime	Sonorité commune entre deux ou plusieurs mots.

Un vers est constitué de syllabes et non de « pieds ».

2. La disposition des rimes

Rimes plates ou suivies	AABB
Rimes croisées	ABAB
Rimes embrassées	ABBA

3. La richesse des rimes

Rime riche	Plus de trois sonorités communes : « stylo/îlot »
Rime suffisante	Deux sonorités communes : « stylo/l'eau »
Rime pauvre	Une sonorité commune : « stylo/gâteau »

Une rime féminine se termine par un « e » (y compris au pluriel), une rime masculine par une autre lettre.

4. Les différents types de vers

Monosyllabe	1 syllabe
Dissyllabe	2 syllabes
Trisyllabe	3 syllabes
Tétrasyllabe	4 syllabes
Pentasyllabe	5 syllabes
Hexasyllabe	6 syllabes
Heptasyllabe	7 syllabes
Octosyllabe	8 syllabes
Ennéasyllabe	9 syllabes
Décasyllabe	10 syllabes
Hendécasyllabe	11 syllabes
Alexandrin	12 syllabes

5. Les différentes strophes

Distique	Strophe composée de 2 vers
Tercet	Strophe composée de 3 vers
Quatrain	Strophe composée de 4 vers
Quintil	Strophe composée de 5 vers
Sizain	Strophe composée de 6 vers

6. Rejet, contre-rejet et enjambement

Rejet	Un mot qui aurait dû terminer la phrase en fin de vers est rejeté au début du vers suivant.	*Demain, dès l'aube, à l'heure où blanchit la campagne* ***Je partirai****. Vois-tu, je sais que tu m'attends.* (Hugo)
Contre-rejet	Une phrase commence à la fin d'un vers et continue au vers suivant.	*Souvenir, souvenir, que me veux-tu ?* ***L'automne*** *Faisait voler la grive à travers l'air atone* (Verlaine)
Enjambement	Une même phrase se prolonge sur un ou plusieurs vers.	*Et je te regardais dormir ; et sur tes langes* *J'effeuillais des jasmins et des œillets sans bruit* (*À Ma Fidèle Adèle*, Hugo)

7. Le rythme du vers

Diérèse	Dans une diphtongue, les deux sons sont séparés en deux syllabes différentes.	« miel » : m**i**-**e**l
Synérèse	Dans une diphtongue, les deux sons sont prononcés en une seule syllabe.	« m**ie**l »
Accent tonique	L'accent se place sur la voyelle de la dernière syllabe d'un mot (à l'exception du *e* muet).	*Demain dès l'****au****be, à l'heure où blanch****i****t la campa****g****ne* (Hugo)
Hémistiche	Coupe à la moitié du vers.	*La lune était sereine/et jouait sur les flots* (Hugo)

8. Différents types de poèmes

Le sonnet	Poème composé de deux quatrains et de deux tercets
Le haïku	Poème japonais
Le poème en prose	Poème écrit sans vers réguliers, ni rimes comme un texte ordinaire
Le poème en vers libres	Poème écrit en vers de mesure irrégulière et sans rimes
Le calligramme	Poème écrit sous forme de dessin
L'ode	Poème qui célèbre une personne
L'élégie	Poème lyrique dont la mélancolie évoque la tristesse et le deuil
La ballade	Poème composé de trois strophes suivies d'un couplet final

DEUXIÈME LEÇON

La valeur des temps

1. Les temps simples de l'indicatif

a) Le présent

De narration	Il évoque un fait exprimé au présent dans un récit au passé.	« En 1862, Victor Hugo ***écrit*** *Les Misérables.* »
D'énonciation	Il évoque un fait qui se produit au moment où la personne le mentionne.	« Je ***parle***, je ***marche*** » : ces actions sont évoquées au moment où elles sont accomplies.
D'habitude	Il évoque des actes présents qui se déroulent régulièrement.	« Je me ***lève*** tous les matins à 7 h. »
De passé proche	Il évoque un fait qui vient juste de se produire.	« Je ***reviens*** du lycée. »
De futur proche	Il évoque des faits qui vont se produire de manière imminente.	« Je ***pars*** dans cinq minutes. »
De vérité générale	Il évoque des événements qui ne changent pas. On l'utilise notamment pour les proverbes.	« La Terre ***tourne*** autour du Soleil. »
À valeur d'ordre	Il sert à donner un ordre	« Tu ***ranges*** ta chambre ! »

b) Le futur

Historique	Il fait allusion à un événement passé marquant évoqué au futur.	« Jamais il n'***oubliera*** le jour où il l'a rencontré. »
D'habitude	Il sert à désigner des actions qui se produiront régulièrement dans le futur.	« L'année prochaine, je me ***lèverai*** tous les matins à 7 h. »
De politesse	Il permet d'atténuer une demande.	« Ça vous ***fera*** dix euros. » (plus poli que « ça fait dix euros »)

c) L'imparfait

De description	Il sert à décrire.	« Elle ***avait*** les cheveux bouclés et ***portait*** une robe rose. »
D'habitude	Il évoque des actions passées qui se produisaient régulièrement.	« L'année dernière, il se ***levait*** tous les matins à 7 h. »
Action en train de se dérouler	Il évoque des actions passées saisies dans leur déroulement.	« Elle ***lisait*** tranquillement dans sa chambre. »
Action qui dure dans le passé	Il exprime une action passée qui dure un certain temps.	« La pluie ***tombait*** sans discontinuer sur la ville. »

d) Le passé simple

Action brève	Il exprime des actions marquées par leur brièveté.	« Il ***mangea*** un gâteau à quatre heures. »
Action ponctuelle	Il évoque des actions qui n'arrivent qu'une fois.	« Le téléphone ***sonna*** brusquement. »
Suite d'actions brèves	Il évoque des actions brèves qui se déroulent successivement.	« Il se ***leva*** et ***sortit*** de la pièce. »

2. Les temps composés de l'indicatif

a) Le passé composé

Il exprime des actions passées dont les conséquences durent encore dans le présent.	« Il s'***est cassé*** la jambe lundi » : sa jambe est encore cassée.

b) Le futur antérieur

Il exprime une action future qui se produit avant une autre action future.	« Tu joueras sur l'ordinateur quand tu ***auras appris*** ta leçon » : il doit d'abord apprendre sa leçon, pour pouvoir jouer ensuite sur l'ordinateur.

c) Le plus-que-parfait

Il exprime une action passée qui se déroule avant une autre action passée.	« Il mangea le dîner qu'il ***avait préparé*** » : il a d'abord préparé le dîner, puis il l'a mangé.

d) Le passé antérieur

Il exprime une action passée qui se déroule avant une autre action passée.	« Dès qu'il **eut fini** de regarder la TV, il alla se coucher » : il a d'abord regardé la TV, il est ensuite allé dormir.

3. Le conditionnel

a) Le conditionnel présent

La possibilité	« J'***aurais*** peut-être une bonne note. »
L'incertitude	« J'***arriverais*** peut-être à l'heure. »
Le souhait	« J'***aurais*** peut-être mon bac. »

b) Le conditionnel passé

Il exprime un fait qui aurait dû se produire mais qui ne s'est pas produit.	« Si j'avais révisé, j'***aurais eu*** une bonne note ! »

4. L'impératif

Il sert à donner un ordre	« ***Range*** ta chambre ! »
Il sert à donner un conseil	« ***Révise*** bien, tu peux réussir le contrôle. »

5. Le subjonctif

Désir, volonté, souhait	« J'aimerais que tu ***travailles*** davantage. »
Nécessité, obligation	« Il faudrait que tu ***révises*** ta leçon. »
Appréciation	« Je crains que le contrôle ***soit*** difficile. »
Doute, possibilité	« Il est probable que j'***aille*** à la plage cet été. »

Exercice 9

Lisez d'abord les quatre textes suivants puis répondez aux questions posées.

Texte 1 : *De l'esprit des lois,* XV, 5, Montesquieu, 1748.

Montesquieu fait semblant de critiquer les esclaves pour mieux dénoncer l'esclavage.

Si j'avais à soutenir le droit que nous avons eu de rendre les nègres esclaves, voici ce que je dirais :

Les peuples d'Europe ayant exterminé ceux de l'Amérique, ils ont dû mettre en esclavage ceux de l'Afrique, pour s'en servir à défricher tant de terres.

Le sucre serait trop cher, si l'on ne faisait travailler la plante qui le produit par des esclaves.

Ceux dont il s'agit sont noirs depuis les pieds jusqu'à la tête ; et ils ont le nez si écrasé qu'il est presque impossible de les plaindre.

On ne peut se mettre dans l'esprit que Dieu, qui est un être très sage, ait mis une âme, surtout bonne, dans un corps tout noir.

Il est si naturel de penser que c'est la couleur qui constitue l'essence de l'humanité, que les peuples d'Asie, qui font les eunuques, privent toujours les noirs du rapport qu'ils ont avec nous d'une façon plus marquée.

On peut juger de la couleur de la peau par celle des cheveux, qui, chez les Égyptiens, les meilleurs philosophes du monde, étaient d'une si grande conséquence, qu'ils faisaient mourir tous les hommes roux qui leur tombaient entre les mains.

Une preuve que les nègres n'ont pas le sens commun, c'est qu'ils font plus de cas d'un collier de verre que de l'or, qui, chez les nations policées, est d'une si grande conséquence.

Il est impossible que nous supposions que ces gens-là soient des hommes ; parce que, si nous les supposions des hommes, on commencerait à croire que nous ne sommes pas nous-mêmes chrétiens.

De petits esprits exagèrent trop l'injustice que l'on fait aux Africains. Car, si elle était telle, qu'ils le disent, ne serait-il pas venu dans la tête des princes d'Europe, qui font entre eux tant de conventions, d'en faire une générale en faveur de la miséricorde et de la pitié ?

Texte 2 : *Fables*, VIII, 14, *Les Obsèques de la Lionne*, La Fontaine, 1678.

La femme du Lion mourut :
Aussitôt chacun accourut
Pour s'acquitter envers le Prince
De certains compliments de consolation,
Qui sont surcroît d'affliction.
Il fit avertir sa Province
Que les obsèques se feraient
Un tel jour, en tel lieu ; ses Prévôts y seraient
Pour régler la cérémonie,
Et pour placer la compagnie.
Jugez si chacun s'y trouva.
Le Prince aux cris s'abandonna,
Et tout son antre en résonna.
Les Lions n'ont point d'autre temple.
On entendit à son exemple
Rugir en leurs patois Messieurs les Courtisans.
Je définis la cour un pays où les gens
Tristes, gais, prêts à tout, à tout indifférents,
Sont ce qu'il plaît au Prince, ou s'ils ne peuvent l'être,
Tâchent au moins de le paraître,
Peuple caméléon, peuple singe du maître,
On dirait qu'un esprit anime mille corps ;
C'est bien là que les gens sont de simples ressorts.
Pour revenir à notre affaire
Le Cerf ne pleura point, comment eût-il pu faire ?
Cette mort le vengeait ; la Reine avait jadis
Étranglé sa femme et son fils.
Bref il ne pleura point. Un flatteur l'alla dire,
Et soutint qu'il l'avait vu rire.
La colère du Roi, comme dit Salomon,
Est terrible, et surtout celle du roi Lion :
Mais ce Cerf n'avait pas accoutumé de lire.
Le Monarque lui dit : Chétif hôte des bois
Tu ris, tu ne suis pas ces gémissantes voix.
Nous n'appliquerons point sur tes membres profanes
Nos sacrés ongles ; venez Loups,
Vengez la Reine, immolez tous
Ce traître à ses augustes mânes.
Le Cerf reprit alors : Sire, le temps de pleurs
Est passé ; la douleur est ici superflue.
Votre digne moitié couchée entre des fleurs,
Tout près d'ici m'est apparue ;
Et je l'ai d'abord reconnue.
Ami, m'a-t-elle dit, garde que ce convoi,
Quand je vais chez les Dieux, ne t'oblige à des larmes.
Aux Champs Elysiens j'ai goûté mille charmes,
Conversant avec ceux qui sont saints comme moi.
Laisse agir quelque temps le désespoir du Roi.
J'y prends plaisir. À peine on eut ouï la chose,
Qu'on se mit à crier : Miracle, apothéose !
Le Cerf eut un présent, bien loin d'être puni.
Amusez les Rois par des songes,
Flattez-les, payez-les d'agréables mensonges,
Quelque indignation dont leur cœur soit rempli,
Ils goberont l'appât, vous serez leur ami.

Texte 3 : *Candide*, chapitre 6, Voltaire, 1759.

Comment on fit un bel auto-da-fé pour empêcher les tremblements de terre, et comment Candide fut fessé.

Après le tremblement de terre qui avait détruit les trois quarts de Lisbonne, les sages du pays n'avaient pas trouvé un moyen plus efficace pour prévenir une ruine totale que de donner au peuple un bel auto-da-fé ; il était décidé par l'université de Coïmbre que le spectacle de quelques personnes brûlées à petit feu, en grande cérémonie, est un secret infaillible pour empêcher la terre de trembler.

On avait en conséquence saisi un Biscayen convaincu d'avoir épousé sa commère, et deux Portugais qui en mangeant un poulet en avaient arraché le lard : on vint lier après le dîner le docteur Pangloss et son disciple Candide, l'un pour avoir parlé, et l'autre pour avoir écouté avec un air d'approbation : tous deux furent menés séparément dans des appartements d'une extrême fraîcheur, dans lesquels on n'était jamais incommodé du soleil ; huit jours après ils furent tous deux revêtus d'un san-benito, et on orna leurs têtes de mitres de papier : la mitre et le san-benito de Candide étaient peints de flammes renversées et de diables qui n'avaient ni queues ni griffes ; mais les diables de Pangloss portaient griffes et queues, et les flammes étaient droites. Ils marchèrent en procession ainsi vêtus, et entendirent un sermon très pathétique, suivi d'une belle musique en faux-bourdon. Candide fut fessé en cadence, pendant qu'on chantait ; le Biscayen et les deux hommes qui n'avaient point voulu manger de lard furent brûlés, et Pangloss fut pendu, quoique ce ne soit pas la coutume. Le même jour la terre trembla de nouveau avec un fracas épouvantable.

Texte 4 : *J'accuse*, Zola, 1898.

Zola publie une lettre adressée au président pour dénoncer la condamnation de Dreyfus, jugé coupable d'espionnage alors qu'il était innocent.

Mais cette lettre est longue, monsieur le Président, et il est temps de conclure.
J'accuse le lieutenant-colonel du Paty de Clam d'avoir été l'ouvrier diabolique de l'erreur judiciaire, en inconscient, je veux le croire, et d'avoir ensuite défendu son œuvre néfaste, depuis trois ans, par les machinations les plus saugrenues et les plus coupables.
J'accuse le général Mercier de s'être rendu complice, tout au moins par faiblesse d'esprit, d'une des plus grandes iniquités du siècle.
J'accuse le général Billot d'avoir eu entre les mains les preuves certaines de l'innocence de Dreyfus et de les avoir étouffées, de s'être rendu coupable de ce crime de lèse-humanité et de lèse-justice, dans un but politique, et pour sauver l'état-major compromis.
J'accuse le général de Boisdeffre et le général Gonse de s'être rendus complices du même crime, l'un sans doute par passion cléricale, l'autre peut-être par cet esprit de corps qui fait des bureaux de la guerre l'arche sainte, inattaquable.
J'accuse le général de Pellieux et le commandant Ravary d'avoir fait une enquête scélérate, j'entends par là une enquête de la plus monstrueuse partialité, dont nous avons, dans le rapport du second, un impérissable monument de naïve audace.
J'accuse les trois experts en écritures, les sieurs Belhomme, Varinard et Couard, d'avoir fait des rapports mensongers et frauduleux, à moins qu'un examen médical ne les déclare atteints d'une maladie de la vue et du jugement.
J'accuse les bureaux de la guerre d'avoir mené dans la presse, particulièrement dans L'Eclair et dans L'Echo de Paris, une campagne abominable, pour égarer l'opinion et couvrir leur faute.
J'accuse enfin le premier conseil de guerre d'avoir violé le droit, en condamnant un accusé sur une pièce restée secrète, et j'accuse le second conseil de guerre d'avoir couvert cette illégalité, par ordre, en commettant à son tour le crime juridique d'acquitter sciemment un coupable.
En portant ces accusations, je n'ignore pas que je me mets sous le coup des articles 30 et 31 de la loi sur la presse du 29 juillet 1881, qui punit les délits de diffamation. Et c'est volontairement que je m'expose.
Quant aux gens que j'accuse, je ne les connais pas, je ne les ai jamais vus, je n'ai contre eux ni rancune ni haine. Ils ne sont pour moi que des entités, des esprits de malfaisance sociale. Et l'acte que j'accomplis ici n'est qu'un moyen révolutionnaire pour hâter l'explosion de la vérité et de la justice.
Je n'ai qu'une passion, celle de la lumière, au nom de l'humanité qui a tant souffert et qui a droit au bonheur. Ma protestation enflammée n'est que le cri de mon âme. Qu'on ose donc me traduire en cour d'assises et que l'enquête ait lieu au grand jour !
J'attends.
Veuillez agréer, Monsieur le Président, l'assurance de mon profond respect.

ÉMILE ZOLA

QUESTIONS :

1. Identifiez précisément le genre et le registre dominant de ces quatre textes.

____

____

____

____

____

____

2. Précisez ce qui est critiqué ou dénoncé et de quelle façon.

____

____

____

____

____

____

Exercice 10

Le théâtre

1. Complétez le texte suivant avec ces mots :

Tirade - monologue – dénouement – réplique – aparté – scène d'exposition - didascalie

Une pièce de théâtre commence. La première scène s'appelle _____________. Des informations sur le jeu des personnages et sur les décors nous sont données par les_______________ . Les personnages s'échangent des _____________. Certaines phrases échangées durent plus longtemps, on les appelle des ____________. Un personnage murmure une phrase que les spectateurs entendent très bien mais que les autres acteurs n'entendent pas, c'est un ______________. Le héros reste seul sur scène, il se met à parler à voix haute, il récite donc un____________________. La pièce se termine : on assiste au_______________ .

2. Reliez les phrases suivantes :

1° Un personnage reçoit des coups de bâton, c'est :
2° Un personnage parle en patois, c'est :
3° Un personnage fait rire car c'est un avare :
4° Un personnage est victime d'un quiproquo, c'est :
5° Un mot ou un geste est répété plusieurs fois, c'est :

a) le comique de mots
b) le comique de répétition
c) le comique de situation
d) le comique de caractère
e) le comique de gestes

Exercice 11

Exercices sur la poésie

A. Vocabulaire :

Victor Hugo, *Demain dès l'Aube*, 1856

Demain, dès l'aube, à l'heure où blanchit la campagne,
Je partirai. Vois-tu, je sais que tu m'attends.
J'irai par la forêt, j'irai par la montagne.
Je ne puis demeurer loin de toi plus longtemps.

Je marcherai les yeux fixés sur mes pensées,
Sans rien voir au dehors, sans entendre aucun bruit,
Seul, inconnu, le dos courbé, les mains croisées,
Triste, et le jour pour moi sera comme la nuit.

Je ne regarderai ni l'or du soir qui tombe,
Ni les voiles au loin descendant vers Harfleur,
Et quand j'arriverai, je mettrai sur ta tombe.
Un bouquet de houx vert et de bruyère en fleur.

Hugo, ***Les Contemplations*, 1856**

1. Précisez le type de vers employé ?

____

2. Comment se nomme le type de strophe utilisée ?

____

3. Précisez quelle est la disposition des rimes ?

____

4. Citez une rime riche.

____

5. Citez une rime suffisante.

____

6. Citez un rejet.

____

7. Citez un enjambement.

B. Précisez le type de poème :

Rimbaud, *Le dormeur du Val*, 1870

C'est un trou de verdure où chante une rivière,
Accrochant follement aux herbes des haillons
D'argent ; où le soleil, de la montagne fière,
Luit : c'est un petit val qui mousse de rayons.

Un soldat jeune, bouche ouverte, tête nue,
Et la nuque baignant dans le frais cresson bleu,
Dort ; il est étendu dans l'herbe, sous la nue,
Pâle dans son lit vert où la lumière pleut.

Les pieds dans les glaïeuls, il dort. Souriant comme
Sourirait un enfant malade, il fait un somme :
Nature, berce-le chaudement : il a froid.

Les parfums ne font pas frissonner sa narine ;
Il dort dans le soleil, la main sur sa poitrine,
Tranquille. Il a deux trous rouges au côté droit.

Ponge, *Le pain*, 1942

La surface du pain est merveilleuse d'abord à cause de cette impression quasi panoramique qu'elle donne : comme si l'on avait à sa disposition sous la main les Alpes, le Taurus ou la Cordillère des Andes. Ainsi donc une masse amorphe en train d'éructer fut glissée pour nous dans le four stellaire, où durcissant elle s'est façonnée en vallées, crêtes, ondulations, crevasses... Et tous ces plans dès lors si nettement articulés, ces dalles minces où la lumière avec application couche ses feux, - sans un regard pour la mollesse ignoble sous-jacente. Ce lâche et froid sous-sol que l'on nomme la mie a son tissu pareil à celui des éponges : feuilles ou fleurs y sont comme des sœurs siamoises soudées par tous les coudes à la fois. Lorsque le pain rassit ces fleurs fanent et se rétrécissent : elles se détachent alors les unes des autres, et la masse en devient friable... Mais brisons-la : car le pain doit être dans notre bouche moins objet de respect que de consommation.

Francis Ponge, *Le parti pris des choses*, 1942

Prévert, *Le Cancre*, 1945

Il dit non avec la tête
Mais il dit oui avec le cœur
Il dit oui à ce qu'il aime
Il dit non au professeur
Il est debout
On le questionne
Et tous les problèmes sont posés
Soudain le fou rire le prend
Et il efface tout
Les chiffres et les mots
Les dates et les noms
Les phrases et les pièges
Et malgré les menaces du maître
Sous les huées des enfants prodiges
Avec des craies de toutes les couleurs
Sur le tableau noir du malheur
Il dessine le visage du bonheur.

Prévert, *Paroles*, 1945

Exercice 12

La valeur des temps : Identifiez le temps des verbes soulignés et précisez sa valeur.

Phrases	Temps	Valeur
Elle **avait** les yeux verts, les cheveux bruns et **portait** une robe rouge.		
Jamais il n'**oubliera** le jour de leur séparation.		
Je **finis** mon exercice dans deux minutes.		
En 1857, Baudelaire **publie** *Les Fleurs du mal*.		
Il mangea des gâteaux qu'il **avait cuisinés.**		
Il **tomba** par terre, se **cassa** une jambe et **finit** plâtré.		
Elle **mangeait** tranquillement des biscuits.		
Ce roman **sera** peut-être intéressant.		
Mange ta soupe !		
Subitement, le tonnerre **gronda.**		

CORRIGÉ DES EXERCICES

2de / 1re
FRANÇAIS

Exercice 1

Commentaire de texte : Charles Baudelaire, *Les Fleurs du mal, À une passante, 1857*.

Introduction

Le symbolisme peut se définir comme un courant culturel qui s'est développé en France au cours de la seconde moitié du XIXe siècle et qui a pour vocation de créer des correspondances entre le monde réel et le monde imaginaire. Figure emblématique de ce courant, Charles Baudelaire s'est penché sur le remords qu'un individu peut éprouver après avoir connu une désillusion sentimentale. Précisément, dans le sonnet « À une passante » extrait du recueil Les Fleurs du mal (1857), le poète décrit le souvenir d'une femme sous le charme de laquelle il est tombé ; il rend compte de la fascination qu'elle a exercée sur lui et du remords qu'il éprouve à ne pas lui avoir parlé. En quoi ce poème est-il une invitation à réfléchir sur la souffrance liée au regret ? Derrière l'évocation d'une rencontre bouleversante se profile une visée tragique.

Plan détaillé

I - L'évocation d'une rencontre bouleversante

a) La description d'une scène vivante
b) Le portrait surprenant d'une passante
c) Un témoignage élégiaque

II - Un poème tragique

a) L'angoisse du temps qui passe et qui nous échappe (finitude de l'homme et des choses)
b) Le regret lié à une occasion manquée
c) La catharsis par la parole

Conclusion

À travers l'évocation du souvenir d'une rencontre marquante, au point que le poète est troublé par les sentiments puissants qu'il éprouve en se le remémorant, Charles Baudelaire pose en fait la question du regret causé par une occasion manquée : cette passante est le symbole de la chance qui se présente à l'homme lorsqu'il ne s'y attend pas ; au lieu de la saisir, il la laisse filer sans rien entreprendre, au risque de le regretter pour toujours. Ainsi, ce sonnet peut être mis en relation avec *kairos*, ce mot grec qui désigne le hasard et que les Grecs de l'Antiquité représentaient sous la forme d'un adolescent aux longues mèches : les Anciens croyaient que les occasions se saisissent comme on attrape les mèches de *kairos* lorsque celui-ci se présente.

Exercice 2

La dissertation : *Les Fables* servent-elles seulement à nous divertir ?

Publiées en 1668, Les Fables sont une œuvre majeure du siècle classique. Imaginées par Jean de la Fontaine, inspirées par celles d'Ésope écrites au Ve siècle avant Jésus-Christ, elles ont pour caractéristique de mettre en scène des animaux dans des histoires distrayantes et amusantes.

Mais Les Fables servent-elles seulement à nous divertir ? En effet, la plupart d'entre elles nous invitent à réfléchir sur le monde et sur nous-mêmes. En d'autres termes, les Fables sont-elles réductibles à leur aspect distrayant ? Ou bien, au contraire, ont-elles une autre vocation, plus sérieuse et plus didactique ? D'ailleurs, les Fables ont-elles nécessairement une utilité particulière ?

Ne sont-elles pas plutôt l'expression libre d'une vision du monde ?

Les Fables ont pour effet de divertir le lecteur mais elles ont aussi pour but de l'instruire : en fait, elles témoignent davantage d'une expérience poétique et créatrice à part entière.

De toute évidence, Les Fables sont une œuvre visant à plaire par le divertissement qu'elles procurent.

D'abord, les figures animales qui constituent les personnages de la plupart des fables immergent le lecteur dans une fiction enfantine. En effet, ce sont des animaux qui interagissent entre eux, ce qui donne à chaque fable un caractère amusant et léger. La fable « Le Corbeau et le Renard » met en scène des animaux, Maître Corbeau et Maître Renard ; les deux conversent comme le feraient des humains. Maître Renard adopte même un langage soutenu pour s'adresser au Corbeau (« Que vous êtes joli ! Que vous me semblez beau ! »), ce qui confère à leur échange une dimension cocasse et réjouissante. Ainsi, Les Fables ont ceci d'unique que les personnages sont des animaux, ce qui plonge le lecteur dans une fiction merveilleuse.

Ensuite, les histoires comprises dans les Fables sont captivantes car elles sont rapportées de façon vivante avec un dénouement surprenant. En effet, ces anecdotes contées par la Fontaine se terminent souvent de manière inattendue, ce qui participe à cet effet agréable produit sur le lecteur. Dans la fable « L'huître et les plaideurs », deux « pèlerins » découvrent une huître et tentent de se convaincre l'un l'autre que l'un mérite de la manger. C'est alors qu'ils sont en pleine négociation que Perrin Dandin arbitre la décision, gobe l'huître et distribue équitablement un morceau d'écaille à chacun. Ce dénouement étonnant contribue à plaire au lecteur, à lui procurer de l'amusement. Ainsi, la manière dont la fiction est narrée augmente le plaisir que l'on tire de la lecture d'une fable, d'apparence légère et simple.

Les Fables comportent donc une dimension distrayante, que l'on observe notamment par la présence de figures animales mais également grâce à des histoires dynamiques, au dénouement surprenant. Cependant, ne poursuivent-elles pas un autre objectif, plus sérieux, plus pédagogique ?

En plus de distraire, les Fables servent aussi à instruire par le truchement d'une morale explicite, située en amorce ou en conclusion. En effet, le fabuliste cherche à transmettre une pensée philosophique qui puisse être utile au lecteur dans sa manière de penser le monde. La fable « Le loup et l'agneau » met en scène un agneau qui « se désaltérait », interrompu par le surgissement d'un loup affamé. L'histoire, aussi cruelle soit-elle, est éclairée par la morale explicite mentionnée dès le premier vers : « La loi du plus fort est toujours la meilleure ». Le lecteur comprend que les figures animales symbolisent des tempéraments et des caractères humains : l'agneau symbolise l'innocence et la naïveté, tandis que le loup symbolise l'instinct de survie. Les Fables sont donc des récits courts ayant pour but d'instruire clairement le lecteur par une morale formulée sous forme d'aphorisme.

Les Fables permettent également de faire une critique indirecte. En effet, dans de nombreuses fables, La Fontaine se sert de la fiction et de figures animales comme un moyen détourné de dénoncer les vices de la société, l'hypocrisie des hommes ou encore les abus de pouvoir de la monarchie ou de l'Église catholique. Dans « La cour du Lion », le roi envoie le singe et l'ours « chez Pluton », c'est-à-dire qu'il les punit de peine de mort, l'un pour avoir été trop honnête, l'autre pour avoir été trop flatteur. À travers cette fable, il critique le système politique monarchique en ce qu'il concentre les pouvoirs dans les mains d'un seul homme, ce qui peut le rendre orgueilleux, cruel et tyrannique. De cette manière,

Jean de La Fontaine réussit à exprimer ses convictions et ses idées mais il le fait d'une façon discrète tout en étant perceptible par le lecteur aguerri.

Les mises en récit des Fables servent donc également à instruire le lecteur par la présence d'une morale, explicite ou implicite. Toutefois, ne sont-elles pas aussi des expressions de la liberté du fabuliste ?

Ces récits de La Fontaine sont également un exercice de style poétique et musical. En effet, les *Fables* ont un côté très mélodieux de par leur rythme et leur prosodie grâce aux rimes et autres jeux de sonorités. Dans « La cigale et la fourmi », le poète utilise de nombreuses rimes plates comme « dépourvue » et « venue », mais également « animal » et « principal ». Il y inclut aussi une assonance de la lettre a (« cigale », « trouva », « la », « alla »). Chacun de ses vers est composé de sept syllabes, que l'on appelle heptasyllabe, ce qui renforce le rythme de la fable. Ainsi, grâce à tous ces éléments sonores, les récits des fables ont un côté musical que le poète travaille selon une démarche poétique.

En outre, les Fables poursuivent un objectif pédagogique en initiant le lecteur au pouvoir des images. En effet, les allégories et des métaphores présentes dans les fables montrent que l'art de convaincre consiste moins à recourir aux arguments qu'à privilégier la puissance des images. Dans « Le lièvre et la tortue », un lièvre et une tortue font une course. Or, ces animaux symbolisent des caractères humains : le lièvre symbolise l'orgueil de l'homme qui se croit tout-puissant, tandis que le lièvre symbolise la sagesse de celui qui sait que la patience est une vertu. La Fontaine utilise des figures de style à la fois pour transmettre aux lecteurs des idées sur l'homme mais aussi pour lui apprendre à reconnaître ces procédés afin de se protéger des beaux-parleurs.

Les Fables sont donc des œuvres de divertissement, grâce aux figures animales qui apportent du mystère mais également grâce aux histoires dont le dénouement est une source de surprise et d'émerveillement. Cependant, elles ne poursuivent pas uniquement cet objectif : elles sont aussi sérieuses et visent à enseigner des valeurs au lecteur. En fait, elles sont aussi et peut-être surtout des expressions de la liberté du fabuliste, qui fait de la poésie à part entière.

Exercice 3

Donnez trois arguments qui vous ont conduit à choisir le roman d'Albert Camus, *L'Étranger*, 1942.

Voici trois arguments qui justifient de choisir *L'Étranger* comme œuvre à présenter :

- D'abord, ce roman a pour qualité de susciter une réflexion sur la complexité de l'âme humaine : en guise d'exemple, le comportement apathique de Meursault lorsqu'il évoque la mort de sa mère a de quoi stupéfaire le lecteur.
- Ensuite, ce roman nous fait prendre conscience de la rapidité avec laquelle une vie peut basculer par un concours de circonstances : lorsque Meursault est confronté à l'Arabe et le tue par peur de représailles, sa vie bascule au point qu'il termine ses jours en prison.
- Enfin, ce roman nous invite à méditer sur le rapport particulier que l'individu entretient avec sa condition mortelle : incarcéré, Meursault renonce à l'espérance et accepte la fatalité. En reconnaissant son inéluctable destinée, Meursault réalise pleinement son humanité, rappelant la phrase de Montaigne : « Philosopher, c'est apprendre à mourir. »

Exercice 4

Les figures de style

Phrase	Figure de style	Effet produit
1. En mille morceaux :	hyperbole	Exagération qui renforce l'idée de ruine.
2. Magnifique taudis :	oxymore	Opposition qui souligne une contradiction.
3. Oh maison :	apostrophe	Adresse à la maison de manière solennelle, comme à un ami blessé.
4. Tu as dû beaucoup souffrir :	personnification	La maison semble humaine et sa souffrance touchante.
5. Cette demeure :	périphrase	Synonyme qui permet d'éviter une répétition et rappelle que la maison était habitée autrefois.
6. Cette demeure n'éblouissait plus grand monde ! :	litote	Atténuation : on souligne de manière moins brutale que la maison est désormais en ruine.
7. Tombaient, s'accumulaient, s'écrasaient :	accumulation / gradation	Le rythme est accru et permet d'insister sur la lente destruction de la maison.
8. Belle/laide :	antithèse	Opposition renforçant le déclin de la maison.
9. Si/si	anaphore	Répétition qui insiste sur les deux adjectifs.
10. Qui pourrait aujourd'hui vivre dans ces murs ? :	question rhétorique	Fausse question : aucune réponse n'est attendue, personne ne peut vivre dans cette maison.
11. dans ces murs	métonymie	La maison est désignée par une partie (les murs). Insistance sur la ruine.
12. Dans ce palais ! :	ironie	L'auteur utilise un nom contraire à la réalité pour désigner la maison. Peut-être se moque-t-il de cette maison ou bien insiste-t-il sur ce à quoi elle ressemblait autrefois.

Exercice 5

Les registres

Texte 1 : Molière, *L'Avare*

Ce texte mélange plusieurs registres :
Le **comique** : le personnage est ridicule par ses excès. La perte de son argent le rend presque fou.
Le **dramatique**, voire le tragique : le personnage a beau être ridicule, sa souffrance est réelle et peut toucher le spectateur. La ponctuation forte souligne l'intensité de ses sentiments.
Le **lyrisme** : Harpagon s'adresse à son argent comme s'il s'agissait de son ami.

Texte 2 : Molière, *Les Fourberies de Scapin*

Ce texte est essentiellement **comique.** Scapin fait croire à son maître qu'un spadassin veut le tuer et l'imite avec un accent dans le but de le rosser de coups.

Texte 3 : Louise Labé, *Sonnet*

Ce texte est **lyrique**. En effet, la poétesse exprime à la première personne des sentiments personnels. Les antithèses expriment les sentiments complexes, voire contradictoires que l'amour lui fait ressentir.

Texte 4 : Voltaire, *Candide, 19*

Ce texte est principalement **polémique**. L'auteur veut faire réagir les lecteurs sur un problème important : l'esclavage. Pour cela, il décrit précisément les conditions de vie d'un esclave. Il espère ainsi créer un débat, une discussion autour de ce problème afin de mieux le combattre.
Ce texte est également **pathétique** : la description de l'esclave suscite la pitié du lecteur.

Texte 5 : Voltaire, *Candide, 3*

Ce texte est **ironique**. En effet, Voltaire fait passer la guerre pour un spectacle afin de mieux la critiquer. Les antithèses « harmonie/enfer », l'oxymore « boucherie héroïque » soulignent une contradiction et laissent entendre que Voltaire affirme le contraire de ce qu'il pense.

Texte 6 : Montesquieu, *Lettres Persanes*

Ce texte est **satirique**. En effet, Montesquieu critique la mode, jugée capricieuse, versatile et coûteuse. Il tourne en ridicule le comportement des Françaises, méconnaissables et ridicules à force de changements.

Exercice 6

Les mouvements littéraires

Le mouvement humaniste a comme priorité **l'éducation** la plus complète et diversifiée.
Les principaux représentants sont **Rabelais** et **Montaigne.**
Du Bellay et Ronsard sont deux **poètes** appartenant au mouvement de la **Pléiade** dont les œuvres célèbrent **l'amour**. Le poème le plus utilisé est le **sonnet**.
Les thèmes principaux du baroque sont la **mort** et le **travestissement.** Ce mouvement est né au moment des **guerres de religion.**
Molière est un **dramaturge** appartenant au **classicisme**. Le **respect des règles** est primordial dans ce mouvement. Racine et Corneille écrivent des **tragédies.**
Le grand mouvement du XVIIIe siècle est celui des **Lumières**. Les **philosophes** importants sont Voltaire, **Rousseau** et **Diderot**. Leur grande œuvre commune est **l'Encyclopédie**. Leur grand ennemi fut la **censure**.
Le **mal de vivre** est un des grands thèmes du romantisme. Le héros romantique trouve refuge dans **la nature**.
Le **réalisme** est un courant littéraire qui consiste à donner l'impression du réel. Les auteurs font beaucoup de **descriptions**. Le principal représentant est **Balzac**.
Le naturalisme décrit les conditions de vie des **ouvriers**. **Zola** est un auteur naturaliste.
Rimbaud et Verlaine sont des poètes **symbolistes**.
Un poème dénué de sens logique est un poème **surréaliste**. Le principal représentant est **Breton**.
Après la deuxième guerre mondiale se développe le théâtre de **l'absurde**.

Exercice 7

Les types de narrateurs

a) Le narrateur décrit l'apparence de Jean Valjean : son visage, ses vêtements mais également son âge. Il insiste sur sa pauvreté. Le narrateur donne de nombreux détails, cette description est très précise. Le point de vue est omniscient car le narrateur connaît tout du personnage.

b) Dans le texte 2, la description est faite d'après le regard de Frédéric. En effet, nous devinons l'éblouissement qu'il ressent à la vue de Madame Arnoult. On peut supposer que cette description n'est pas objective puisque les autres passagers du bateau ne sont pas nécessairement éblouis par Madame Arnoux. Le point de vue est interne car la description est faite par un personnage de l'histoire.

Exercice 8

L'argumentation

a. Le texte 1 est un **pamphlet**.
Le texte 2 un **extrait** de roman.

b. Le thème du texte 1 : le **portrait** de l'empereur Napoléon III.
Le thème du texte 2 : **les interrogations** d'un condamné à mort sur la souffrance que provoque la guillotine.
La thèse de texte 1 : **la critique** de l'incompétence et de la vanité de l'empereur.
La thèse du texte 2 : l**a critique** de la souffrance des prisonniers condamnés à mort.

c. Hugo **critique** dans le texte 1 l'empereur Napoléon III qu'il juge prétentieux, vaniteux, et usurpant le pouvoir.

Hugo **critique** dans le texte 2 la peine de mort et la souffrance qu'elle peut provoquer même si certains affirment que la mort est sans douleur.

d. Dans le texte 1, Hugo **ridiculise** Napoléon en écrivant un portrait péjoratif et violent où il énumère tous les défauts et les faiblesses de l'empereur. Il le fait passer pour capricieux et sous-entend que son règne est un échec.
Dans le texte 2, Hugo fait parler un condamné à mort de façon à rendre son texte plus réaliste et plus crédible. Il cherche à **émouvoir** le lecteur par le témoignage direct d'un condamné à mort. En ressentant de la peine pour le condamné, le lecteur condamnera d'autant mieux la peine de mort.

e. Dans le texte 1, Hugo précise que **l'empereur dirige mal le pays** et se montre égoïste en ne pensant qu'à lui.
Dans le texte 2, Hugo précise qu'**il est impossible de savoir si la guillotine fait mal** car aucun homme n'est jamais revenu d'entre les morts pour l'affirmer.

f. Le registre dominant du premier texte est **le registre polémique** (Hugo veut susciter une réaction). Le texte est également **satirique** (Napoléon est tourné en ridicule).
Le registre dominant du texte 2 est également **polémique** (Hugo veut que le lecteur s'interroge sur la peine de mort). Le texte est aussi **pathétique** (Hugo veut émouvoir).

g. Le texte 1 constitue une argumentation directe car Hugo s'adresse **sans détour** à Napoléon en précisant clairement l'objet de sa critique.
Le texte 2 constitue une argumentation indirecte car Hugo **ne dénonce pas ouvertement** la peine de mort, mais écrit une fiction qui doit permettre au lecteur, après réflexion, de critiquer la peine de mort.

Exercice 9

2 questions sur 4 textes

Quelques conseils :

1. *Pour répondre à la première question, il est indispensable de maîtriser les genres littéraires et les registres. Vous devez d'abord les identifier, puis ensuite réunir les textes présentant des genres et des registres communs afin de pouvoir organiser votre réponse.*
2. *La deuxième question implique une lecture attentive des textes. À l'évidence, ces quatre textes portent sur la critique de la société. Vous devez d'abord réfléchir à la façon qu'ont les auteurs de dénoncer une injustice, puis ensuite réunir les textes qui critiquent de manière similaire et préciser leur point commun.*

Proposition de corrigé

1. Identifiez précisément le genre et le registre dominant de ces quatre textes.

Ces quatre textes ont pour point commun de dénoncer une injustice : De l'esprit des Lois de Montesquieu, « Les Obsèques de la Lionne » de La Fontaine, un extrait du chapitre six de Candide de Voltaire et un extrait de « J'accuse... ! » de Zola. Ces textes ont été écrits au XVIIIe et au XIXe siècle.
Les trois premiers textes sont des apologues : le texte 1 est un discours, le texte 2 une fable, le texte 3 un conte philosophique. En revanche, le quatrième texte est une lettre.
Les quatre textes sont polémiques, ils cherchent à susciter une réaction chez le lecteur et à provoquer un débat d'idées. Les trois premiers textes utilisent abondamment l'ironie, tandis que le texte de Zola énonce clairement des arguments.

2. Précisez ce qui est critiqué ou dénoncé et de quelle façon.

Les quatre textes du corpus dénoncent l'injustice de la société.
Montesquieu dénonce l'esclavage, La Fontaine l'hypocrisie de la cour du roi, Voltaire le fanatisme religieux et Zola la condamnation injuste d'un innocent.
Les trois premiers textes constituent une critique indirecte, les auteurs dénoncent de manière détournée : Montesquieu prononce un discours ironique pour mieux faire ressortir l'absurdité de l'esclavage, Voltaire et La Fontaine cherchent à distraire le lecteur par une histoire plaisante où la critique est sous-entendue et doit être devinée par le lecteur. Au contraire, Zola ne dissimule à aucun moment la critique et explique clairement sa position par des attaques violentes de la corruption de la justice.

Exercice 10

Sur le théâtre

Une pièce de théâtre commence. La première scène s'appelle **la scène d'exposition**.
Des informations sur le jeu des personnages et sur les décors nous sont données par les **didascalies**. Les personnages s'échangent des **répliques**. Certaines phrases échangées durent plus longtemps, on les appelle des **tirades**. Un personnage murmure une phrase que les spectateurs entendent très bien mais que les autres acteurs n'entendent pas, c'est un **aparté**. Le héros reste seul sur scène, il se met à parler à voix haute, il récite donc un **monologue**. La pièce se termine : on assiste au **dénouement**.

1° Un personnage reçoit des coups de bâton, c'est : **e)** le comique de **gestes**
2° Un personnage parle en patois, c'est : **a)** le comique de **mots**
3° Un personnage fait rire car c'est un avare : **d)** le comique de **caractère**
4° Un personnage est victime d'un quiproquo, c'est **c)** le comique de **situation**
5° Un mot ou un geste est répété plusieurs fois, c'est : **b)** le comique de **répétition**

Exercice 11

Sur la poésie

I - Vocabulaire

1. Ce sont des alexandrins
2. Ce sont des quatrains
3. Ce sont des rimes croisées (ABAB)
4. Les rimes riches : « campagne/montagne », « tombe/tombe », « Harfleur/fleur »
5. Les rimes suffisantes : « attends/longtemps », « pensées/croisées », « bruit/nuit »
6. Un rejet : vers 2 : « je partirai », vers 6 : « seul », vers 7 : « seul »
7. Un enjambement : dernier vers

II - Types de poème

a) Le dormeur du Val
C'est un sonnet. Il est composé de deux quatrains et de deux tercets.

b) Le pain
C'est un poème en prose. Il ne comporte ni vers, ni rimes et ressemble à un texte ordinaire.

c) Le cancre
C'est un poème en vers libres. Les vers sont irréguliers et il n'y a pas de rimes.

Exercice 12

La valeur des temps

Phrases	**Temps**	**Valeur**
Elle **avait** les yeux verts, les cheveux bruns et **portait** une robe rouge.	Imparfait	Description
Jamais il n'**oubliera** le jour de leur séparation.	Futur	Historique
Je **finis** mon exercice dans deux minutes.	Présent	Futur proche
En 1857, Baudelaire **publie** *Les Fleurs du mal.*	Présent	Narration
Il mangea des gâteaux qu'il **avait cuisinés.**	Plus-que-parfait	Action passée antérieure à une autre action passée
Il **tomba** par terre, se **cassa** une jambe et **finit** plâtré.	Passé simple	Succession d'actions brèves
Elle **mangeait** tranquillement des biscuits.	Imparfait	- Action en train de se faire - Action vue dans sa durée
Ce roman **sera** peut-être intéressant.	Conditionnel présent	- Hypothèse - Éventualité - Souhait
Mange ta soupe !	Impératif présent	Ordre
Subitement, le tonnerre **gronda.**	Passé simple	Action brève, ponctuelle et soudaine

Imprimé et relié en France
Janvier 2026
sur les presses de OFFSET5 Édition